パリの屋根裏部屋の哲人

エミール・スーヴェストル 著

和田辰國 訳

UN PHILOSOPHE SOUS LES TOITS

まえがき

私どものこの社会を苦しめている不安と野望という熱病の中にあっても、何一つ不平をこぼすことなく、ただじっと、世の中の割に合わない部分を引き受け、しかも、貧困を厭《いと》わない態度をいつまでも持ち続けている一人の男を、私は知っている。

彼は、つましい事務的な仕事に就いてはいるが、他には、これといった財産もなく、むしろ、自分のその厳しい位地を拠りどころにして、安楽と困窮とを隔てるあの狭い境目のところで生活しながら、自分の屋根裏部屋の高みから、一つの海を眺めるように、社会を眺めている。無論、彼には、世間から富を希求する気持ちもなければ、難破することを恐れる心配もない。しかも、彼は、人間社会の中で余りにもささやかな地位しか占めていないので、人の羨望を刺激する懼《おそ》れもない。だから、自らの無名に包《くる》まれて、静かに眠ることもできるのである。

この哲人は、亀が自分の甲羅に隠れるように、決して自らの利己主義の中に隠れたりすることはない！　テレンティウスが、*1「人間に関わる事柄は、どんなことでも、自分がそのことに無関係ではあり得ないと思う」と、彼の作品に登場する人物に言わせているような、そういう男である。彼の心には、下界のすべての事柄とか事件などが、カメラの暗箱に写されるように映される。彼は、隠遁者たちのあの好奇心の強い忍耐力を持って、「現実の社会をじっと見詰め」、見聞したことや考えたことなどを、月々に分けて日誌につけて来た。その日誌こそ、正《まさ》に、彼自身が呼びならわしていたように、「自らの心情を記録した暦」でもあるのだ。

私は、その日録に眼を通すことを許されたので、その中から一部を抜粋して、月と呼ばれる時の十二の旅宿にひっそりと暮らす一人の思索家が経験した平凡な出来事を、読者諸賢にご披露することにする。

〔訳者注〕

＊1　テレンティウス：プブリウス・テレンティウス・アフェル（紀元前一八五？〜一五九）。カルタゴ生まれ。古代ローマの喜劇作家。

パリの屋根裏部屋の哲人　目次

第一章

屋根裏部屋からのお年玉

一月一日。――今朝、眼を覚ますと直ぐに、今日が何の日であるか分かった。旧年は既に鉄の鎖から切り離されて、過去という深淵の中へと落ちて行った！　群集は、過ぎ去った年の妹を迎え入れようと騒いでいる。だが、私の視線は、人々の視線が前方に注がれているというのに、来し方の方を振り返る。皆は、新しく迎えた女王に媚《こび》を売っているが、私は、どうした訳か、時が自らの死装束に包んだばかりの先の女王のことをのみ考える。消え去って行った女王よ！　――少なくとも、あなたが何ものであったか、また、私に何を与えてくれたか、私にはよく分かっている。ところが、新しい女王は、未知のあらゆる不吉な予感に包まれて立っている。彼女を包んでいる雲の中に、一体何を隠し持っているのだろうか？　それは、嵐なのか、それとも太陽なのか？　今、外では雨が降っている。私は、私の心が外の雨のように煙っているのを感じる。今日は休日なのだ。だが、雨の日に何ができるというのか？　私は屋根裏部屋の中を不機嫌に歩き回る。そして、ともかく、火をおこそうと決心する。

あいにく、マッチのつきが悪く、煙突は煙るばかりで、暖炉は燃えようとしない。私はむかついて、ふいごを放り投げ、古びたひじ掛け椅子にどかっと腰を下ろす。

新年の訪れを、私に喜べと言う理由が分からない。晴着を着飾り、顔には笑みを浮かべて、先ほどから通りに出て来ている人たちは、自分たちがどうして陽気な気分になっているのか分かっているのだろうか？　今日の休日が、何を意味しているのか、また、何でお年玉の風習が生まれたのか、果して彼らには理解できているのだろうか？

ここで、私の知性の方が、彼ら大衆のものに比べて優れていることを、自らに納得させようとして立ち止まり、不機嫌な気分のまま、私の虚栄心を充たすため横道にそれる。そして、自らの知識が紡ぎ出せるだけの証拠を集める。

（古代ローマの人たちは、一年を十か月に分けていた。それに一月と二月とを付け加えたのは、ヌマ・ポンピリウス[*1]であった。一月という名は、その月が捧げられたヤヌス神[*2]から取られたものだ。

ヤヌスは、新しい年を開いた神だというので、人々は、数々の縁起物でその周りを囲み、年の初めを祝った。そこから、隣人同士間の訪問であるとか、多幸の祈願であるとか、お年玉の風習などが生まれたのである。それにしても、古代ローマ人たちの間で取り交わされた贈り物は、象徴的なものばかりであった。例えば、干しイチジク、ナツメヤシの実、蜜蜂の巣などが、「一年の歩みを始めるのに相応《ふさわ》しい瑞兆の甘味」の表象として贈られた。また、スティプスと呼ばれる小貨幣を、富を約束する縁起物として贈った。）

ここで、私の知識の開陳は終わり、再び憂鬱に戻る。自分自身に向かって試みた、この一席のスピーチとも言えるものは、私自身には満足いくものであったが、他の人たちに対する不満を一層募らせた。ともあれ、私は朝食を摂ろうと思った。ところが、門番の婆さんは、朝の牛乳を持って来るのを忘れている。しかも、ジャムの壺は空っぽだ！　これでは、私以外の人間であったなら、恐らく腹を立てていたことであろうが、私はいっぱしの無頓着を装う。手許に残っているのは固くなった食べ残しのパンだけだ。私はそれを、世間の虚栄とか焼きたてのパンなどには、一切関心を示さない人間であるかのように、何食わぬ顔をしてかじる。

しかし、パンが固くて、うまくかじれないことが私をますます憂鬱にする。かつて、砂糖の入らない紅茶を出されたといって、首をくくって死んだイギリス人の話を読んだことがある。人生には、全く些細な不満が、破局にまで導く時があるのだ。私どもの気分は、観劇用の双眼鏡にも似ていて、覗いて見る物に応じて、その物を小さく見せたり、大きく見せたりする。

普段は、私の家の窓からの風景は、私を充分に楽しませてくれる。屋根は、まるで山脈を形作っているかのように、積み上げられたその頂が、組み合わさったり、交差したり、積み重なったりしている。そして、その上に高い煙突の先端が聳えている。つい昨日も、私はそうした眺めをアルプスの風景に似ていると空想し、そこに氷河を見ようとして初雪を待った。だが、今日は、どうしたことか、平板な瓦と煙突にしか見えない。鳩も、昨日は、こうした私の田園的な幻想を助けてくれていたが、今日はもう、屋根を裏庭と取り違えたみすぼらしいただの鳥にしか見えない。ゆるやかに立ち昇る煙も、ヴェスヴィオ[*3]の噴煙を思わせる代わりに、食事の支度とその汚水とを連想させる。そしてまた、遠くモンマルトル[*4]の古い塔の上に望見される電柱[*5]は、街並みの上にその腕を伸ばしている忌《い》まわしい磔柱《はりつけばしら》のようにさえ見える。

　このように、出合うものすべてに傷つけられた私の視線は、私の部屋の真向かいの金持ちの邸宅の上に下りていく。

　新年を迎えたという雰囲気が、その金持ちの邸《やしき》には漲《みなぎ》っている。雇い人たちは、もう既に貰ったのか、それとも、これから貰うことになっているのかよくは分からないが、新年の祝儀に応じて働いているのであろうか、それなりに熱心な態度を垣間見せて動き回っている。一方、無理をして気前よく振る舞った人が、後でしばしば見せるあのしかめっ面をして、主人が、前庭を横切るのが見える。また、生花とか紙箱とか玩具などを持ったお付きを従えた来訪者が、次第に、その数を増して来ているようだ。突然、馬車小屋の大きな扉が開かれ、駿馬《しゅんめ》に引かれた真新しい幌馬車が、玄関前の階段下に止まる。この馬車は、夫からその邸《やしき》の主婦に贈られた新年の贈り物に違いない。何故なら、当の主婦が、自らの眼で新しい乗物を確かめようと外に出て来たからである。やがて、彼女は、レースや羽毛やビロードできらびやかに装い、お年玉に配ろうとする贈り物を腕一杯に抱えた少女を伴なって、馬車に乗り込んだ。扉が閉まり、窓にカーテンが引かれて、馬車は静かに出て行った。

このように、世間では、今日一日、善意とか贈り物などの交換が行なわれるのだ。しかし、独り者である私には、義務としての贈り物もなければ、受け取るものもない。憐れな独身者なのだ！　無論、私には、その人のために祈りを捧げる親しい人たちもいない。

それならば、私の方から、階下でざわめく群集の中に紛れ込んでいる未知の仲間たちを探し出して、誰もが一様に幸せな新年を迎えて欲しいという私の願いを、届けてやる以外にはないであろう！

先ず、君たちに、つまり、群集のただ中にいて、死と貧困とが孤独をもたらしている市井《しせい》の隠遁者たちに！　日々の糧を、沈黙と忍従の中で摂るように運命づけられ、そして、神が愛情とか友情の責め苦から引き離している憂鬱な労働者たちに！

君たちに、つまり、眼をじっと北極星に向けて、現実の豊かな収穫の上を無関心に歩みながら、人生を渡って行く妄信的な夢想家たちに！

それから、君たちに、つまり、家族を養うために夜勤の時間を長引かせる、実直な父親たちに！　揺籠《ゆりかご》の傍らで涙を流しながら働く、貧しい寡婦《かふ》たちに！　娶った妻の手を引いて、そこに導いて行くのに十分なだけの広い道を、独りで切り拓こうと奮闘している若者たちに！　そして、謹直《きんちょく》と自己犠牲との勇ましい兵士たち皆に！

最後に、君たちに、つまり、その肩書や名声がどうであろうと、善なる者を愛し、苦しむ者に同情し、ビザンチン[*6]の象徴の処女のように、人類に向かって両腕を大きく拡げて、この世を進んで行く人たちに！

ここで、私は、突然、小鳥たちの賑やかな囀り声、しかも、段々と喧しくなっていく声に思考の糸を断たれた。私は辺《あた》りを見回した。すると、窓を取り囲むように雀が一杯に群がって、私がぼんやりと物思いに耽りながら、何の気なしに屋根の上に撒き散らしたパン屑をついばんでいた。

彼らのこの有様を見て、一筋の光明が私の悲しい心を照らした。先ほどまで、何も与えるものがないと嘆いたのは、私の誤りであった。私のお陰で、街のこの辺《あた》りの雀たちは、新年の贈り物に預かっているのだ！

正午。――戸を叩く音がする。一人の身なりの貧しい娘が入って来て、私の名を呼んで挨拶をした。初め、それが誰だか判別できなかった。だが、その娘は私の顔を見て、ほほ笑んでいる。ああ、ポーレットだ！　それにしても、この一年近く会わない内に、すっかり変わってしまったものだ。この間までは、ほんの子どもであったのが、今ではもう、立派な娘である。

ポーレットは痩せて、顔は蒼白く、みすぼらしい服装をしている。しかし、相も変わらない、打ち解けた真っ正直そうな顔、相手の同情をそそるような、物言うたびにほほ笑む口許、少しおずおずしてはいるが、愛敬のある声などは全く失われていない。ポーレットは美人ではない。並みの器量というところだろう。でも、私には愛《いと》しく見える。恐らく、それは彼女の容姿の所為《せい》ではなく、私自身の心持ちの所為《せい》であろう。ポーレットは、私の一番忘れ難い思い出の一つとして私のところに現われているのだ。

それは、ある祭日の宵のことであった。街の主だった建物は、灯《あか》りのともされた花綱で飾られ、夥しい小旗が夕風に揺れていた。花火が、練兵場の中央から幾筋もの閃光となって打ち上げられていた。突然、群集を狂乱に陥れる、あの説明し難い恐怖の一つが、密集している見物人たちの上に襲いかかって来た。人々は大声を上げながら、一目散に駆け出した。足腰の弱い者は、つまずいて倒れた。皆逃げることに必死で、恐怖に怯《おび》えた群集は、彼らを踏みつけた。私は奇跡的にその混乱から逃れて、その場を立ち去ろうとしていた。その時、瀕死の子どもの泣き声が私を引き止めた。私は再び人波を押し分けた。そして、必死の努力でやっとポーレットを救い出したのであった。

あれから、もう二年の歳月が流れた。その後、私は、本当に稀にしかこの娘には会わない。だから、彼女のことは殆ど忘れかけていた。ところが、ポーレットの方は、感謝の気持ちをずっと持ち続けていたので、こうして新年の挨拶にやって来た、という訳である。その上、彼女は花を一杯につけたスミレの一鉢を持って来ていた。彼女が、自分で種を蒔いて育てたもので、文字どおり彼女のものであった。なぜなら、その花がここまで育ったのは、彼女が手塩にかけたお陰であり、彼女の忍耐と努力とによるものであったからである。

そのスミレは、粗末な鉢で育てられていたが、紙箱作りの仕事をしているポーレットは、鉢を唐草模様で飾り、ニスを塗った紙で作った箱に入れていた。この装飾の仕方には、もっとよい趣味が示せたのではないかとも思ったが、矢張りそこには、彼女の善意が籠っていた。

この思いがけない贈り物、この少女の慎《つつ》ましやかな恥じらい、口籠りがちに述べられた新年の挨拶、これらは、まるで太陽の光のように、私の心を覆っていた霧を吹き払った。私の思考は、たちまち、夕暮の鉛色から、曙の最も明るい薔薇色に変わった。私はポーレットを椅子に座らせ、弾む心で彼女に問いかけた。

彼女は、初めの内は、ただ「はい」とか「いいえ」とか答えるばかりだった。しかし、やがて、私どもの立場は逆転した。彼女の長い打ち明け話を、短い感嘆詞を挟んで断ち切るのは私の方だった。可哀そうにもこの娘は、苦しい生活を送っているのだ。ずっと前に、孤児となり、弟や妹と一緒に、年老いた祖母の世話になっているのであった。祖母は、口癖のように、〝食うや食わずで彼女たちを育てて来た〟と言う。

しかし、今では、ポーレットは祖母の紙箱作りを手伝っているし、妹のペリーヌも針仕事を始めていた。そして、弟のアンリはある印刷所の徒弟になっていた。もし仕事の上で損をしたり、仕事が無くなったりすることがなければ、また、衣服が擦り切れたり、子どもたちの食欲が極度に旺盛になったりすることがなければ、更には、冬が来て、薪を買って暖を取ることを余儀なくされることがなければ、万事は上手く運んで行ったことであろう。ポーレットは蠟燭《ろうそく》のもちが余りにも悪いことや、薪の値段が無闇に高いことなどを嘆いた。彼女たちの屋根裏部屋の暖炉は容量が大き過ぎて、一束の薪も一本のマッチほどの効果しか挙げなかった。しかも、余りにも屋根裏の近くに取り付けられていたので、風が雨を吹き込ませるし、冬には、炉床に霰《あられ》が容赦なく舞い込んで来たりもした。だから、暖炉は使わないことにして、炊事に使う素焼のコンロで我慢しなければならなかった。祖母は、一階の古物商の店に出ているストーブのことをよく口にした。だが、古物商は七フランを要求していたので、そんな出費には、不景気でもあり、到底耐えられなかった。だから、結局、その一家は経済的な理由のために寒さに身を任せていたのだった。

ポーレットの話を聞いているうちに、私は、自分が憂鬱な気分から段々と抜け出して行くのを感じた。紙箱作りの娘のストーブの話が、私の心の中にある望みを芽生えさせ、そして、それはやがてある計画に変わった。私は、彼女に今日の予定を尋ねた。彼女は私の家を出た後、弟や妹や祖母と一緒に、いつも仕事をくれる方々のところを訪問しなければならない、と言った。私の計画の実行が即座に決定された。私は娘に、今晩訪ねて行くと告げ、改めて彼女に礼を言いながら送り出した。

スミレは開けられた窓に置かれていた。太陽の光が花に歓迎の挨拶を送っていた。雀たちはその周りで囀っていた。空は晴れ上がっていた。あんなに悲しい前触れでやって来たこの日も、今は、何だか楽しくなって来た。私は歌を口ずさみながら部屋の中を歩き回っていたが、急いで帽子と外套を取り、出かけた。

三時。――近所の煙突屋との間に万事取り決めができた。彼は、私が前から使わずに放置している古いストーブを修理して、新品同様なものに甦らせてくれる筈だ。五時に、私たちは、それをポーレットの祖母の家へ据え付けに行く約束をした。

深夜。――万事が順調に進んだ。約束の時間に、私は紙箱作りの老婆の家へ行った。彼女はまだ帰っていなかった。ピエモンテ*7生まれの煙突屋はストーブの据え付けにかかっていた。その間に、私は大きな暖炉の中に、私の冬用の燃料の中から分けて持って来ていた、十束ほどの薪を並べた。私の方は、散歩をして身体を暖めるか、でなければ、少し早めに寝るかさえすれば、それ位の燃料の不足は補うことができる。

　階段で足音がするたびに、私は胸がどきどきした。まだ準備の最中を邪魔されて、折角、驚かせてやろうという私の計画が反故《ほご》になるのを懼《おそ》れたからである。だが、もうその心配は要らない。万事は整った。火の入ったストーブは静かな音を立てて燃え、小さなランプはテーブルの上で輝き、ランプ用の油差しも棚の上に納まっている。煙突屋は帰って行った。今度は、彼女たちが早く帰って来て欲しいという待ち遠しさに変わった。やっと、私は子どもたちの声を聞いた。帰って来たのだ。彼女たちは勢いよくドアを開けて、飛び込んで来た。だが、皆一斉に、驚いて立ちすくんでしまった！

　ランプとストーブと、そして、それらの不可思議なものに囲まれて、魔法使いのように突っ立っている訪問者を見たとき、彼女たちは恐怖感を覚えたらしく、後ずさりした。ポーレットが真っ先に事情を理解した。やがて、ゆっくりと階段を上がって来た祖母の到着が、説明を完成した。それからは、ただ、涙、感激、感謝の嵐！

　しかし、驚きはまだそれで終わったのではなかった。妹のペリーヌは窯《かま》を開けて、そこにこんがりと焼けた栗を見つけた。祖母は食器棚に並んでいる林檎酒の瓶に手をかけた。そして、私は隠しておいた籠から、皮でくるんだ牛タン、一塊のバター、焼きたてのパンなどを取り出した。

その時、驚愕は一斉に讃嘆に変わった。この一家は、これほどの饗宴《きょうえん》に列《つら》なったことは、未だかつてなかったのだ。食卓が用意され、一同席に着いて、食事が始まった。彼女たちには申し分のないご馳走であった。銘々が何かを持ち寄ったのだった。私の持って行ったものは、飲食物だけだったが、紙箱作りの老婆とその孫たちは、喜びを提供したのであった。

何でもない些細なことにも、皆が大声を上げて笑った！　少しも返事を期待しない問い掛けとか、問いの答えになっていない返事などで、本当に大騒ぎであった！　老婆も、子どもたちの破目を外した快活さに加わった！　それにしても、私はいつも、貧しい人たちが、自分の貧苦をいとも簡単に忘れる、その気安さに打たれるのである。現在に生きることに馴らされた彼らは、快楽を、それが現われるや直ちに取り込むのだ。一方、常に満ち足り過ぎている金持ちたちは、易々とは感動しない。つまり、自分たちが幸福であることを承認するためには、時間と、日々の生活全般が安易であることが必要なのだ。

夜の団欒《だんらん》は、またたく間に過ぎて行った。老婆は、自分の一生を、ほほ笑んだり、涙を拭ったりしながら話して聞かせた。ペリーヌは、生き生きとした子どもらしい声で、古風なロンド*8

を歌った。また、有名な作家たちのところへ校正刷りを持って行くアンリは、その人たちについて知っていることを話した。遂に、別れる時が来た。幸福な家族たちの側から、私に感謝の言葉が繰り返されたことは言うまでもない。

私は、その夜の出来事をしみじみと心に味わいながら、喜びに満ち、清々《すがすが》しい気持ちで、ゆっくりと歩いて家に帰った。この一夜は、私に大きな慰安と、大きな教訓とを与えてくれた。今や、きっぱりと年は改まったのだ。私は、何一つ受けるものを持たない、また、与えるものを何も持たないというほどひどく不幸な人間は、ただの一人もこの世にはいない、ということを知った。

家に入ろうとしたとき、あの裕福な隣人の夫人が乗った馬車に出会った。彼女もまた、夜会から帰って来て、ひどくいらいらしながら、玄関へと階段を上がって行った。その時、私は彼女が、「やれやれ！」とつぶやく声を聞いた。

ポーレットの家族と別れる際、私は、「もう？」と言ったのだった。

〔訳者注〕

＊１　ヌマ・ポンピリウス：古代ローマ初期の王制ローマ第二代王。伝説上の存在と考えられている。

＊2　ヤヌス神：ローマ神話の頭の前と後に顔を持った門や戸口を守る神。暦の一月はこの神の名に由来する。
＊3　ヴェスヴィオ：イタリア南部カンパニア州のナポリの東に位置する火山。紀元前よりたびたび大噴火を起こし、紀元七九年の大噴火でポンペイとヘルクラネウムを埋没させた。
＊4　モンマルトル：パリ北部の丘陵地区。丘の上にサクレ・クール寺院がある。
＊5　電柱：いわゆる、電柱ではなく、旧式の赤・緑の点滅灯付き腕木信号機。
＊6　ビザンチン：東ローマ帝国の首都コンスタンチノープル（現在のトルコ・イスタンブール）の旧称であるビザンチウムを語源とする東ローマ帝国の文化様式。五世紀初期のビザンチン美術では、処女は両腕を大きく拡げることによって、子どもがいないことを表現した。
＊7　ピエモンテ：パリでは、昔から、煙突のことはピエモンテ地方の人の独占であった。
＊8　ロンド：同じ旋律（主題）が何度も繰り返される間に、異なる旋律が挟まれて演奏される楽曲の形式。

第二章

謝肉祭

二月二十日。——戸外がひどく騒がしいが、どうしてだろう！　この騒々しさは何のためだろう！　そうだ！　今日は謝肉祭の最後の日で、仮装行列が通っているのだ。

キリスト教でさえ古代のあの馬鹿騒ぎの酒神祭《しゅしんさい》を止めさせることはできなくて、ただその名を変えただけに過ぎなかった。キリスト教がこれらの〝自由な日々〟に与えた名称は、カルナヴァル、つまり、饗宴《きょうえん》の終わりを告げ、それに続く断食《だんじき》の月を意味する、というものであった。その逐語的な意味は、〝肉を口にしない〟と言うことだ！　それは、パンタグリュエル[*1]の生みの親である吟遊詩人ラブレー[*2]があれほどまでに讃《たた》えたあの「神の恵みを受けて育った若い雌鳥と、脂肪分たっぷりの豚の腿肉《ももにく》」とに、四十日間のお別れをすることなのである。人間には、飽食によって節食に備え、また、懺悔を始める前に罪障に終止符を打つ、というところがある。

どうして、すべての時代に、またすべての民族に、私どもはこうした破目を外したお祭りの一つを必ず見出すのだろうか？　人間が理性的であり続けるには大変な努力が要るので、弱い人間にとっては、時折、息抜きが必要ということなのであろうか？　規律によって沈黙を強いられているトラピスト修道会[*3]の修道士たちは、月に一度だけ口をきくことが許されるが、その日は、皆一斉に日の出から日没まで喋り続けるということだ。

俗世間でも、話はこれと同じことなのであろう。一年を通して、礼儀正しく、従順で、道理をわきまえることを強いられていると、せめて、謝肉祭には、その長い期間の抑制の埋め合わせをする、ということになるのだ。つまり、謝肉祭は、私どもの脳髄の片隅にそれまで押し込められていた不穏当な空想や願望のはけ口となる祭りなのである。例えば、農耕神サトゥルヌスに捧げられた祭り[*4]の日のように、奴隷はその日一日だけ主人公になり、暴走も大目に見てもらえたのである。

広場では、騒ぎが一段と大きくなって来ている。それは、徒歩で、馬車で、或いは、騎馬でやって来る仮装の群れの数や人が増えて来ているからだ。問題は、僅か数時間の間だが、人目を引いたり、好奇心や羨望の念をそそったりして、誰が一番馬鹿騒ぎができるかなのである。そして、翌日は、皆気だるく疲れて、前の日の仮装のことや苦労などのことを話題にする。

ああ！　私はいらだたしい思いをしながら考えるのである。「私ども銘々は、あの仮装の人たちに似ていないか。人生全体が、余りにもしばしば、一つの見苦しい謝肉祭に過ぎないのではないのか」と。

しかし、人間には、心を寛《くつろ》がせ、身体を憩わせ、魂を解放させるお祭りは必要であろう。では、人間は、野卑な歓楽を抜きにしては、そうしたお祭りが持てないのだろうか？　経済学者たちは、ずっと以前から、人間の活動の最善の処理の仕方を探し求めている。ああ！　もし私が人間の閑暇の最善の処理法を見出すことができたらよいのに！　人間に仕事を宛てがうのは易しいことかも知れない。しかし、仕事ではなくて、心の慰安は、誰が見つけてやるのだろうか？　確かに、仕事は日々のパンをもたらしてくれるが、喜びがそれに味わいを添えるのだ。おお、世の哲人たちよ！　快楽を探しに出かけておくれ！　野卑でない慰め、利己心を抜きにした楽しみを私どものために見つけておくれ。要は、すべての人を楽しませ、そして、誰にも恥ずかしい思いをさせないような謝肉祭を編み出して欲しいのだ。

三時。――私は窓を閉めて、暖炉の火をかき立てた。今日はすべての人のためのお祭りの日なのだから、この私のためにもそうであらせたいと思う。私は小さなランプに火を点《とも》し、今日のような特別な日にはいつも、門番の息子がレヴァント地方[*5]から持ち帰ったコーヒーをいれるのだ。それから、私は愛読する作家たちの中から一人を求めて書架を探す。

まず、ムードンの愉快な司祭[*6]が目に入る。しかし、その本の中の人物は俗語を使いすぎる傾向がある。——次は、ヴォルテール[*7]。しかし、彼はいつも人を嘲笑することによって意気を阻《そ》喪《そう》させる。——次は、モリエール[*8]。しかし、彼は読者に考えさせる結果、笑いを妨げる。——次は、ルサージュ[*9]。この人のものに決めよう。厳粛であるというよりはむしろ深みのある彼の作品は、悪徳をからかいながら徳義を説くのである。時として、その作品の中に辛辣《しんらつ》なところがあるとしても、それは、いつも、愉快な雰囲気に包まれている。彼は、この世の惨めさを見ても軽蔑しないし、その卑劣さを知っても憎まない。

先ず、ルサージュの本の中に登場する人たち皆を呼び出してみよう。ジル・ブラス、ファブリス、サングラド、グラナダの大司教[*10]、レルムの公爵、オーロラ、スキピオ！　陽気な、或いは、優雅な面影が、次々と私の眼前に浮かび上がって来る。どうか私の孤独を賑わしておくれ。私を楽しませるために、お前たちが仮装者になって、お前たちの世界の華々しい謝肉祭の行列を見せておくれ。

ところが、私がこれらの人たちを呼び出しているとき、いまいましくも、今直ぐにも書かなければならない手紙があることを思い出した。私の屋根裏部屋の隣人の一人が、昨日、代筆を頼みに来ていたのだ。その人は、元気のいいお爺さんで、絵画や版画を集めることに生きがいを感じている。大抵、毎日のように、デッサンとか画布を抱えて帰って来る。勿論、大した値段のものではないだろう。というのは、彼がつましい生活をしていることは分かっているし、また、彼のために書いてやらなければならない手紙の内容が、彼の貧しさを証明しているからでもある。イギリスで結婚した一人息子が最近死んで、年老いた母親と子ども一人を抱えて、資産らしいものもなく後に残された未亡人が、庇護を求めて彼に手紙を寄こしたのであった。アントワーヌさんは、先ずその手紙をフランス語に訳して欲しいということと、その依頼に対する断わり状を書くことを私に頼んで来ていたのだ。私は、今日までにその返事を書くことを約束していた。何よりも先に、私どもの約束を果たそう。

〝バース〟紙[*11]の一枚が、私の前に置いてある。私はペンをインク壺にひたす。そして、考えを引き出そうと額《ひたい》を掻く。その時、私は英語の辞書が手許にないことに気づく。辞書なしに英語を使おうとするパリっ子は、引き紐を付けられていない子どものようなものだ。地面が足許で揺れ、一歩踏み出しただけでもうよろめく。そこで私は、〝ジョンソン〟[*12]の英語辞典の補修を頼んで置いた製本師のところへ駆けつける。彼は同じ階の直ぐ近くに住んでいるのだ。

　戸が半開きになっていて、中から低いうめき声が聞える。私はノックしないで中へ入る。そして、私は、製本師が彼の同居人のベッドの側《そば》に立っているのを眼にする。その同居人はひどい熱を出していて、うわ言を言っている。製本師のピエールは途方にくれ、不機嫌そうな顔をして、その男をじっと見詰めている。私は、彼の口から、同居人が今朝も起き上がれなかったばかりでなく、容体《ようだい》が刻々と悪化していることを知らされた。

私は医者を呼んだのか、と尋ねた。

「まさかそんなこと！」と、ピエールはぶっきら棒に答えた。「そうするにはお金が要りますからね。こいつと来たら、あるのは借金位のもんですから」

「しかし、君」と、私は少し驚いて言った。「君はこの男の友だちじゃないのかね？」

「友だちですって？」と、製本師は私の言葉を遮《さえぎ》って言った。「そりゃあ、馬車馬がその副馬《そえうま》と友だちって程度ではね。銘々が車を引っぱって、銘々の飼い葉を食うという条件になってるんですよ」

「それにしても、何の手当てもしないで、このまま放って置こうというんじゃないだろうね？」

「私は知りません！　これから踊りに行きますから、こいつぁ明日までは、一人でベッドが占領できるって訳です」

「一人のまま置いておくのかね？」

「こいつが、ちょっとばかし目まいがするからって、クルティーユ[*13]行きを棒に振るって話がありますか？」と、ピエールは食って掛《か》かるような口調で言い、更に続けた。「デノワイエ爺さんのとこで、仲間たちに会うことになってるんでさ。具合の悪い奴は、ここで薄いスープでも飲んでりゃいいんで、あっしの薬は白葡萄酒ですよ」

そう言いながら、彼は包みを開けて、その中から漁師姿の仮装用服を取り出して、身に付け始めた。

私は、傍《かたわ》らで呻吟している可哀そうな男に、ピエールの同情心を起こさせようと努めたが無駄だった。待っている歓楽に完全に心を奪われているピエールには、私の言葉など殆んど耳に入らない様子であった。遂に、私は、彼の無情な、利己的な仕打ちに我慢ができなくなって、忠告は止めにして叱責を始めた。こんな風に病人を放置して置いて万一のことでもあったら、責任を負うのはピエール自身だ、と断言した。

部屋から出かけていた製本師は、ののしり声を上げて立ち止まり、地団駄を踏んで叫んだ。

「まさか足湯でも沸かしながら今年の謝肉祭は過ごせ、とおっしゃるんじゃないでしょうね？」

「君は仲間を見殺しにしちゃならないんだ！」と、私は答えた。

「それなら、病院へ行けばいいんだ！」

「一人で行けると思うかね？」

ピエールは決心したらしかった。

「分かりましたよ、あっしが連れて行きましょ」と、言った。「結局、その方が手間がかからねえや。さあ、立て、おい！」彼は、服を着たままで寝ていた仲間を揺さぶった。私は、その男が歩けないほど弱っていることを製本師に注意したが、耳を貸そうともしなかった。無理に起き上がらせ、半ば引き摺《ず》るように、また、半ば支えながら門番の部屋まで連れて行き、馬車を呼びに門番を走らせた。私は、殆んど失神している病人が、いらいらしている製本師と一緒に馬車に乗るのを見た。こうして二人は出かけて行った。一人は恐らく死ぬために、もう一人はクルティーユで晩餐を楽しむために！

六時。――私は隣のアントワーヌ爺さんのところへ行ってドアを叩いた。彼は自分でドアを開けてくれた。私は彼に、やっと書き終えた息子の未亡人に宛てた手紙を手渡した。アントワーヌさんは、心から感謝し、無理に私を腰掛けさせた。

この老いた好事家《こうずか》の屋根裏部屋へ入ったのは、この日が初めてであった。湿っぽい染みがつき、あちこちが裂けて垂れ下がっているカーテン、火の気ないストーブ、粗末なベッド、壊れた二脚の椅子、それらが家具のすべてであった。部屋の奥には、沢山の複製画が積み重ねてあり、額縁のない画布が壁に立て掛けてあった。

私が入って行った丁度その時、老人は固くなったパンを砂糖水に浸して、夕食を摂っていた。私の視線が、この隠者風とでもいう食べ物に注がれていることに気づいて、少し顔を赤らめた。

「私の夕食には、あなたを魅惑するようなものは何もありません、お隣さん！」と、彼はにこにこ顔で言った。

私は、その方が謝肉祭の夕食としては哲人風でよい、と答えた。

アントワーヌさんはうなずき、また、食事を続けた。

「銘々がそれぞれのやり方でお祭りを祝うのです」と、彼はコップの中へパンのかけらを浸しながら言った。「食道楽にも色々種類がありまして、ご馳走は必ずしも舌だけを喜ばすものとは限らないのです。耳のためにも、眼のためにもご馳走と呼ばれるものはあります」

私は、そのような夕食の埋め合わせをするに足る、眼には見えない饗宴《きょうえん》を探しているかのように思わず周囲を見回した。

間違いなく私の気持ちが分かったのだろう、彼はゆっくりと立ち上がって、自分がしようとする行動に自信を持つ人が取る、あのいかめしい態度で、幾枚かの画布の後ろの方を探して、その中から一枚を取り出し、その表面を手で撫でると、黙ってそれをランプの光の下に置いた。

その絵は、妻や娘やその弟たちが一緒にテーブルにつき、その背景に描かれている楽師たちの伴奏に合わせて歌っている一人の立派な風貌《ふうぼう》をした老人を描いていた。私は、一目で、それがルーヴル[*14]で私の心を奪っていた絵と構図が全く同じであることに気づいた。そこで私は、その絵がヨルダーンス[*15]の忠実な模写であると断言した。

「これが模写ですって！」と、アントワーヌさんは大声で言った。「原画と言ってくださいよ、お隣さん。しかも、ルーベンス[*16]が、後で筆を加えた原画なんですよ！　老人の顔とか、若い女性の衣裳とか、その他付属品などをよく見てください。大画伯の筆致を至るところに見ることができる筈です。この絵は、単に傑作であるばかりではありません。宝物です――聖遺物です！　ルーヴルのは真珠かも知れませんが、これは正《まさ》にダイヤモンドです！」

それから、その絵をできるだけ光線の当たり具合のいいようにと、ストーブに立て掛けて、彼はその傑作から眼を離さずに、パンのかけらをまたコップに浸し始めた。その絵が思いがけない美味を添えているようであった。彼はそれをゆっくりと味わい、少しずつコップを干していった。彼のしなびた顔は華やぎ、小鼻は膨《ふく》らんだ。彼自身が言ったように、それは確かに眼のご馳走であった。

「私も結構ご馳走を食べてるってことがお分かりでしょう」と、彼は勝ち誇ったように首を振りながら言った。「連中の中には、やれ晩餐会だ、やれ舞踏会だと血道をあげているのもいますが、私には、これが謝肉祭の享楽です」

「でも、もしこの絵が本当にそれほど貴重なものなら」と、私は答えた。「きっと高価なものでしょうね」

「ええ！　そうですとも！」と、アントワーヌさんは、何食わぬ顔をして言った。「好景気で、目利きの人がいれば、二万フラン位の値はつけるでしょうよ」

　私は驚いて尻り込みした。

「で、あなたはこれを買ったんですか？」と、私は叫んだ。

「ただ同然でね」と、彼は声を落としながら言った。「古物商はどいつも間抜けでしてね、私が取り引きした古物商なんか、この絵を画学生の模写と勘違いしたんでしょうね。即金五十ルイ[*17]で売ってくれましたよ。今朝、金を持って行って渡したんですが、今になって、この取り引きはないことにしてくれ、と言っても駄目ですよ」

「今朝ですって！」と、私はまだ小卓の上に置かれたままになっている、あの断り状に思わず眼をやりながら繰り返した。

　彼は私の感嘆の声などは無視して、ヨルダーンスの作品をうっとりと見詰めたままでいた。

「明と暗との配色の見事さったら、何とも言えませんね！」と、彼は最後のパンのかけらを口にしながらつぶやいた。「何という鮮やかさ！　何という輝き！　この顔色の透明感たらありません！　この不思議な光沢！　この迫力！　この自然さ！」

　私が黙って彼の話を聞いていたので、感心でもしているのだと勘違いして、彼は私の肩を叩いた。

「眼を回したでしょう」と、彼は愉快そうに叫んだ。「こんな素晴らしいものを、私が持っているとは驚いたでしょう！　どうです、私の取り引きは？」

「失礼だが」と、私は重々しい口調で答えた。「あなたはもっとよい取り引きができたのではと思いますが」

アントワーヌさんは私をにらみつけた。

「どうすれば？」と、彼は叫んだ。「この私を絵の価値や値段のことで騙《だま》される男だ、とお考えになるんですか？」

「私はあなたの趣味や鑑識眼を疑いはしませんが、私には、この家族団欒の絵の値段で、もっと他のものが買えたのではないか、とどうしても考えてしまうのです」

「他のものって、何をですか？」

「家族の団欒そのものです」

老好事家《ろうこうずか》は、怒りの一瞥ではなく、軽蔑のそれを私に投げた。彼の視線は、明らかに、私が芸術を理解しないばかりでなく、楽しむこともしない未開人だと決め付けていた。彼は無言のまま立ち上がり、そそくさとヨルダーンスの絵を取り上げて、画布の後ろの隠れ家へ再び戻してしまった。

それは、私に帰れという合図でもあった。私は挨拶をして外に出た。

七時。――帰宅してみると、お湯が小さなランプの上で沸騰していた。私は急いでモカを挽《ひ》き、コーヒー沸かし器を準備した。

コーヒーをいれるという作業は、確かに、一人暮らしの身には最も難しいが、それだけに魅力的でもある家事である。つまり、独身者の世帯にとっては大仕事なのだ。

コーヒーは、いわば、肉体的な滋養物と精神的な滋養物との中間を占めるものである。それは、感覚と思考とに快く働きかける、しかも同時にである。コーヒーの香気は正《まさ》しく精神を快活に活動させる。そして、私どもの幻想に翼を与え、『アラビアン・ナイト（千一夜物語）』の国へと運んで行く精霊でもある。

古びたひじ掛け椅子にどっしりと腰を下ろし、両の足を炉格子の前の足台に乗せ、火箸や火掻き棒などの暖炉用の道具とお喋りをしているように思えるコーヒー沸かし器のたぎる音に耳をなごませ、アラビア産のモカ・コーヒーの香りに嗅覚を柔らかに刺激させ、そして、被《かぶ》りものを眼の上までも引き下ろして深く被っている時など、香気を放ちながら立ちのぼる湯気の一塊一塊が、しばしば、はっきりとした形を帯びるようにさえ思われる。私は、その湯気の中に、あたかも砂漠の蜃気楼の中に見出すかのように、私の心が実現したいと望んでいる様々な映像を、次々と見るのである。

先ず、湯気が増えて拡がり、その色が濃さを増して来ると、そこに、私は、なだらかな丘の斜面に建つ小住宅を見る。背後には、白いサンザシの垣根で囲まれた庭園がある。そして、その庭園を小川が横切り、その縁《ふち》では蜜蜂が羽音を立てている。

それから、景色は更に一段と開ける。今度は、林檎の樹が植えられた畑が見え、そこに、主人を待つ馬を繋いだ鋤が見える！　その向こうには、斧《おの》の音の響く森の片隅に、芝草と木の枝とに蔽われた木樵《きこり》の小屋が見える。そして、これら田園風景の中に、私自身の人影が漂い歩いているのが見える。それは、夢の中を彷徨《さまよ》う私自身の生霊《いきりょう》なのだ！

湯が沸騰して噴きこぼれそうになったので、私はコーヒー沸かし器にお湯を注ぎ足すため、この瞑想を中断することを余儀なくされた。その時、私はクリームが無くなっていることを思い出した。懸け釘からブリキの缶を外して、牛乳屋へと下りて行った。

ドニ小母さんは、ごく若い頃にサヴォワ*18から出て来た、健康そうな田舎女であった。彼女は、同郷の人の習慣に反して、まだ一度も故郷へ帰っていなかった。皆から小母さんと呼ばれてはいるが、夫も子どももいない。しかし、決して止《とど》まることを知らない彼女の親切心が、「小母さん」という呼び名で呼ばせるのに相応《ふさわ》しい人柄にしているのである。

本当に逞しい人だ！　たった一人で人生の闘いの中に放り込まれても、働きながら、歌いながら、人助けをしながら、そして、その他のことは神に任せて、慎《つつ》ましいが自分の地歩を保持しているのである。

店の入口に近づくと、中から大きな笑い声が聞えて来る。店の中の片隅に、三人の子どもたちが座っている。彼らは、サヴォワ地方の煙突掃除の子どもたちが着る煤《すす》けた服を着て、手には大きめなチーズ付きパンを一つずつ持っている。一番年下の子どもが、目もとまでチーズをくっつけていた。それで、皆が笑っていたのである。

ドニ小母さんは、彼らを指差した。

「この可愛い子どもたちを見てやってくださいな。本当に美味《おい》しそうに食べているでしょ！」と、彼女は、小さな大食漢の一人の頭を撫でながら言った。

「その子はね、朝ご飯を食べていないんだよ」と、中の一人が彼のために弁解するように言った。

「可哀そうに！」と、ドニ小母さんは言った。「一人で大都市パリの舗道に放り出され、そこでは、全能の神様だけが父親なんです！」

「それで、あなたが母親代わりをしてやっているという訳だね？」と、私は静かに答えた。

「私のしていることなんて、取るに足りません」と、彼女は、私に売る牛乳を量りながら言った。「でも毎日、私は、こうした子どもたちを、街から何人か連れて来て、一度だけでもいいから、お腹一杯に食べさせてやるんです。本当に可愛い子どもたち！　この子たちのお母さんが、いつか天国で私にお返しをしてくれるでしょうよ。私に故郷の山を思い出させてくれるのは勿論のこと、この子たちが歌ったり、踊ったりする姿を見ていると、いつも、私のお祖父さんが眼に浮かぶのです」

そこまで言ったとき、彼女の眼は涙で一杯になった。

「それでは、あなたがこの子たちにしてやる善行も、あなたの思い出で報いられる、という訳だね？」と、私は答えた。

「そうです、そうなんですよ！」と、彼女は言った。「それに、この子たちの幸せそうな様子でね！　この子たちの笑い声はまるで小鳥の歌ですよ。それを聞くと、気持ちが晴れ晴れして、生きる勇気が湧いて来ます」

そう話しながら、彼女はまたチーズ付きの新しいパンを切ってやり、それに林檎と一握りの胡桃《くるみ》を添えて手渡した。

「さあ、皆」と、彼女は叫んだ。「これは明日のためにポケットに仕舞って置くんだよ」

それから、私の方を振り向いて、

「今日はもう、私、大盤振る舞いです」と、彼女は付け加えた。「でも、皆が、それぞれの謝肉祭をお祝いしなければなりませんものね」

私は黙って、その場を立ち去った。私は余りにも感動していた。

遂に、私は本当の快楽を見つけたのであった。肉欲の利己主義と知性の利己主義とを見た後で、善意の喜ばしい献身を目の当《ま》たりにしたのであった。ピエールとアントワーヌさんとドニ小母さんとは、それぞれの謝肉祭を祝ったのだが、前の二人にとっては、それは感覚の、或いは、精神の宴《うたげ》に過ぎなかった。ところが、ドニ小母さんにとってのそれは、心の宴《うたげ》であった！

〔訳者注〕

＊1　パンタグリュエル：ラブレーの小説『ガルガンチュアとパンタグリュエル物語』シリーズに登場する食欲旺盛で豪放な巨人のこと。

＊2　ラブレー：フランソワ・ラブレー（一四八三？〜一五五三）。フランスの作家。著書に『ガルガンチュア物語』（第一の書）『パンタグリュエル物語』（第二の書〜第五の書）など。

＊3　トラピスト修道会：沈黙・祈禱・観想・労働・肉を食べないという戒律を守るカトリック修道会の一つ。

＊4　サトゥルヌスに捧げられた祭りの日：古代ローマで毎年冬至（十二月十七日頃）行なわれた農神祭のこと。奴隷が解放され、大祝宴が催された。サトゥルヌスは農耕の神。

＊5　レヴァント地方：地中海の東部海岸地方。トルコ、シリア、レバノン、イスラエル、エジプトなどを含む地域。

＊6　ムードンの愉快な司祭：フランスの作家ラブレーのこと。一五五一年から五二年までムードン教区の司祭であった。

＊7　ヴォルテール：本名フランソワ＝マリー・アルエ（一六九四〜一七七八）。フランス啓蒙期の代

表的思想家・作家。著書に『哲学書簡』『カンディード』『寛容論』『哲学辞典』など。

＊8 モリエール：本名ジャン＝バティスト・ポクラン（一六二二～七三）。フランスの劇作家・俳優。フランス古典喜劇の完成者。著書に『ドン・ジュアン』『人間嫌い』『守銭奴』など。

＊9 ルサージュ：アラン＝ルネ・ルサージュ（一六六八～一七四七）。フランスの作家・劇作家。著書に『びっこの悪魔』『ジル・ブラス物語』『チュルカレ』など。

＊10 グラナダ：スペインの南部、アンダルシア地方の都市。

＊11 〝バース〟紙：イギリスの大判の便箋。

＊12 ジョンソン：サミュエル・ジョンソン（一七〇九～八四）。イギリスの辞書編纂者・批評家・詩人。八年を費やしてイギリス最初の『英語辞典』を独力で編纂。ドクター・ジョンソンと称される。著書に『シェイクスピア全集』『詩人列伝』など。

＊13 クルティーユ：パリの古い町の名。この町のキャバレーはいつも客で賑わっている。

＊14 ルーヴル：パリの旧王宮。一七九三年以後国立美術館。

＊15 ヨルダーンス：ヤーコブ・ヨルダーンス（一五九三～一六七八）。フランドル（フランダース）の画家。ルーベンス派では、アンソニー・ヴァン・ダイク（一五九九～一六四一）に次いで有名。画題を主に市民や農民生活の中に求めた。作品に「四人の福音書記者」「酒を飲む国王」「大人が歌えば子どもが笛吹く」など。

＊16 ルーベンス：ピーテル・パウル・ルーベンス（一五七七～一六四〇）。フランドルの著名な画家。

＊17 ルイ：一ルイは二十フランに相当。一八〇三年から一九一四年まで流通。

＊18 サヴォワ：アルプスのフランス側斜面の一地域。

第三章

窓から眺めて学ぶこと

三月三日。——人生ははかない夢に過ぎない、と言った詩人がいた。だが、人生は熱にうなされる一夜にたとえた方が、より当を得ているであろう！　どうして人生には興奮と鎮静とが交互に起こるのだろう！　どうして人は不安におびえるのだろう！　どうして突然の衝動が襲って来るのだろう！　どうして渇望《かつぼう》が繰り返されるのだろう！　どうして悲痛な、困惑させる心の混乱が生ずるのだろう！　人は睡眠と覚醒との狭間《はざま》で、詮ない平安を求める。そして、行動を起こす間際になって急に立ち止まったりもする。人の一生の三分の二は躊躇《ちゅうちょ》の中で、残りの三分の一は後悔の中で費やされる。

ここで、私が人の一生と言っているのは、実は、私自身の一生のことなのだ！　私ども一人ひとりは、このように、自分自身を社会の鏡として見るように作られているのである。私どもの心の中に起こる事柄は、間違いなく、宇宙の歴史であるように思われる。だから、人は誰でもが、自分の身体がぐらつくのを感じて、地震だと騒ぐ泥酔者に似ているのだ。

それにしても、社会の片隅でひっそりと自分の務めを果たし、その作品は、作者である本人には全く関係がないかの如くに利用されている、憐れなその日暮らしをしている私は、どうしてこうも自信がなく、不安を感じるのだろう？ 私は、この作品を、その人のために書いているまだ見ぬ友人に、孤独な人たちが悲しみに沈む時に叫び求める未知の同胞に、独身者の誰もが話しかけるあの架空の親友に、そして、あらゆる独白が話しかけられるが、私ども自身の意識の幻影に過ぎないお前にこそ読んでもらいたい、と思っている。

今、一大事件が私の身の上に起こっているのだ！ 平穏に何も考えないで歩いて来た単調な人生行路に、突然、岐路が出現したのである。その二本の道のいずれかを選ばなければならない破目に立たされているのだ。一つは、今まで私が歩いて来た道の延長に過ぎないのだが、もう一つは、道幅も広く、洋々たる前途を予感させている。前者には、何ら危惧《きぐ》すべきものもない代わりに、希望に繋がるものも殆んどない。後者には、大きな危険もあるが、素晴らしい成功の機会もある。要するに、問題は、私が死ぬまで決して離すまいと考えていたしがない仕事を捨てて、偶然のみが資本である大胆な投機を試みるかどうかということなのである！

昨日からずっと私は思案しているが、これら二本の道のどちらを選ぶか、未だに決心がつかないでいる。

どこで光が摑めるだろうか？　誰が助言を与えてくれるだろうか？

四日、日曜日。——冬の厚い靄《もや》から、太陽が顔を出しているのを見給え。春が間近いことを告げている。柔らかな微風《そよかぜ》が、屋根の上を軽やかに吹き抜けていく。そして、私のスミレが再び花を開き始める！

十六世紀の詩人たちによって、情感細やかに詠われた、あの麗《うるわ》しく瑞々《みずみず》しい緑の季節が近づいて来ているのだ：——

芳《かんば》しの皐月《さつき》来たりて
もの皆若やぎぬ。
麗《うるわ》しの乙女よ、我をもまた
汝《なれ》の愛もて、蘇らせ給え。

雀の囀りが、私を呼んでいる。毎朝撒いてやるパン屑を催促しているのだ。窓を開けると、打ち続いている屋根の眺めが、実に美しく私の眼の前に開ける。

一階だけでしか生活したことのない人には、こうした絵のように美しい多彩な眺めは、到底想像もできないであろう。互いに交錯《こうさく》する色とりどりの瓦が作る峰を、つくづくと眺めたことはないであろう。屋根裏部屋の庭園とでも言うべき新鮮な緑の草々が波打つ樋の谷間や、夕暮が瓦の斜面に拡げる広々とした影や、落日が火炎へと燃え上がらせる窓ガラスのきらめきなどを、自らの眼で追ったことはないであろう。地衣蘚苔類《ちいせんたいるい》で蔽われた、この文明社会のアルプスの植物を一度も調べたことはないであろう。そこに棲息《せいそく》する多数の生物、つまり、顕微鏡的な虫類から、いつも獲物を探し求めて歩いたり、伏兵となって待ち伏せしたりしている屋上の狐ともいうべき飼い猫に至るまで、それらの生態については全く何も知らないであろう。晴れた日の空、曇った日の空が見せる様々な変化も、また、この高台を、絶えず変化する場面で劇場化する多様な光の効果も、眼にしたことはないであろう！　私は、幾たび私の余暇を、この素晴らしい眺めをうっとりと眺めることに、陰鬱であったり、微笑《ほほえ》ましかったりする挿話をそこに見つけ出すことに、更には、この未知の世界の中に、富裕な旅行者たちが下界において探し求めるのと同じような旅の印象を、手軽に探し求めることに、費やしたことであろう！

九時。――だが、どうして、翼をもった私の隣人たちは、窓のところに撒いてやったパン屑を、ついばみに来ないのだろう？　私は、彼らが飛び去ったかと思うと、また直ぐに飛んで来て窓台にとまり、いつもはあんなに急いで食べるご馳走をただ眺めながら囀《さえず》っているのを眼にした！　彼らを怯《おび》えさせているのは、私の姿ではない。私は、手のひらで餌を食べさせるほどまでに彼らを馴らしているのだ。それでは、このおずおずとした戸惑いは、一体、どこから来ているのだろう？　見回しても、普段と変わったところはない。無論、屋根の上には誰もいないし、近所の窓も閉まっている。そこで、一層盛大な饗宴《きょうえん》を催して彼らを引き寄せようと、私は朝食の残りのパンの全部を撒き散らしてやった。彼らの囀りは一段と激しくはなったが、ただ頸《くび》をかしげるばかりである。大胆な何羽かが、その上まで飛んでは来るが、思い切って下りて来ようとはしない。

この雀たちも、取引所で証券を下落させるあの恐慌に襲われて、その犠牲になっているのだろうか！　確かに、雀も、私ども人間と同じように、理性的ではないのだ！

こう考えながら、私は窓を閉めようとした。その時突然、右手の日溜まりに、ぴんと立つ二つの耳の影を認めた。それから、肢《あし》が進み出て来、それに次いで、虎猫の頭が樋の角に現われた。このずる賢い奴《やっこ》さん、パン屑が獲物を引き寄せることを知っていて、そこで待ち伏せしていたのだ。

なのに、私は、私のお客さんたちを卑怯者呼ばわりして咎《とが》めた！　どんな危険も彼らを脅《おびや》かす筈はない、と確信していたのだ！　あたりを十分に見届けた、と信じていたのだ！　しかし、背後の一角だけを私は見落としていた！

人生においても、この屋根の上と同じように、片隅だけを忘れたがために、どれほど不幸に見舞われることだろう！


十時。――私は、どうしても、窓辺を離れることができない。雨と寒さとのため、あれほど長い間、窓を閉め切ったままにしていたので、改めて、周囲のものは何でも胸にしっかりと畳み込みたい、と懸命になって眺めるのは無理のないことである。私の視線は、出くわす対象物によって、そのまま通り過ぎることもあり、また、その物の上に止まったりすることもあるのだが、雑然とした視界すべての物の上を次々と探って行く。

ああ！　以前、私の視線が度々止まった二つの窓が、あそこに見える。それは、私とは近付きがない二人の隣人の家の窓なのだ。その人たちそれぞれの生活習慣が、随分かけ離れていると前々から思っていた。

一人は、夜明け前に起き出して、手内職をする貧しい女性である。その影法師が、夜もかなり晩くまで、質素なモスリンのカーテンに映っている。もう一人は、若い女流音楽家で、見せびらかし気味な歌声が、時折、私の屋根裏部屋まで途切れ途切れにではあるが聞えて来る。窓が開けられている時は、手内職の女性の部屋は、質素ではあるが、整頓が行き届いている様子が窺われる。これに対して、もう一人の女性の部屋は、一見、瀟洒《しょうしゃ》のようには見える。しかし、今日は、沢山の商人たちが、その部屋に詰めかけている。彼らは絹の窓掛けを外し、家具を運び出している。今朝、私の部屋の窓の下を、その若い女流音楽家がヴェールを深めに被《かぶ》って、内心の悩みを表わす、あの急ぎ足で通って行った姿が思い出される。ああ！　私にはすべてが推察できる。彼女の貯えは、贅沢な嗜好品《しこうひん》に使い果たされたか、または、何か不幸な災難に遭って失われて、今や、彼女は奢侈《しゃし》から貧困へと転落したのだ。手内職の女性の方は、自分の小さな部屋を守るだけでなく、懸命に働いて、つましいながらも、そこから安らぎを得ようと頑張っている。それなのに、女流音楽家の部屋は、周旋屋の手に渡ってしまったようだ。一方は、繁栄の波に乗って一瞬だけ輝いた。他方は、ゆっくりと堅実に、地道な勤勉さを友として船を進めている。

ああ！　ここに、私どもすべての者にとっての一つの教訓が隠されていないだろうか？　その先に、富裕か破滅かが待ち構えているという本当に危うい試みに、賢明な人間が、果たして、力と意志との数年間を打ち込むべきだろうか？　人生は、日々の報酬をもたらす不断の勤務であると見なすべきか、或いは、将来がサイコロを数回振って決められる賭であると見なすべきか？　なぜ人々は危険を冒してまで、極端なチャンスを捕まえようとするのか？　何のために危険な道によって富を求めて急ぐのか？　幸福は、清貧の報酬というより、むしろ、輝かしい成功の報酬であるというのは本当に確かなのだろうか？　ああ！　もし人々が、喜びは手狭な住まいの中にもあること、そして、その住まいに備える家具には殆ど金はかからないことを知ってさえいてくれたら！

正午。――私は、もう長い間、腕を組み、うつむき加減で、屋根裏部屋の中で行きつ戻りつを繰り返している！　私の心の中では、疑念が、丁度、影が光の面を徐々に侵蝕していくように大きくなっていく。私の危惧《きぐ》は倍加していく。不安は瞬間ごとに激しくなる！　私は、今日、しかも、陽の暮れないうちに、決断しなければならないのだ！　私は自分の手の中に、自らの将来を占う運命のサイコロを握っている。しかし、私は、そのサイコロを投げるのを恐れている。

三時。――空が曇って、冷たい風が西から吹き始めた。心地のよい日射しに向かって開かれていた、すべての家の窓は再び閉ざされた。ただ一人、通りを隔てた真向かいの家の最上階の間借り人だけが、まだ、バルコニーに留まっている。

その人が、かつて軍人であったことは、均整のとれた歩き方、白髪まじりの口髭、ボタン穴を飾っている綬《ひも》などによっても分かる。いやもっと有り体《てい》に言えば、彼のバルコニーを飾る植木棚に対する細心な心遣いによっても、そのことが察せられる。なぜなら、すべての老兵たちによって特別に愛される二つのものが、そこには見られるからである。それは、花と子どもたちとである。長い間、この世を戦いの場としてのみ考えるように強いられ、平穏な境遇の安らかな楽しみから切り離されていたので、彼らは、他の人たちが人生を終わろうとする年齢になって初めて、実人生を生きるようになるからだ、と思われる。厳格な軍務によって彼らの内面に堰《せ》き止められていた青春の嗜好が、突然、その白髪と一緒に改めて踊り出て来るのだ。それは、丁度、晩年になって、年金として手にする青壮年時代の貯蓄のようなものである。更には、長く破壊することのみを強いられていた彼らは、恐らく、物を造り出すことに、また、物の甦《よみがえ》るのを見ることに秘《ひそ》かな喜びを感じるのであろう。不屈な暴力の手先であった彼らは、優雅さか弱さかによって、一層たやすく魅惑されるのであろう。これら年老いた死の作り手たちにとっては、生命の脆弱《ぜいじゃく》な萌芽《ほうが》を保護するという営みは、いかにも新奇な魅力を持つものなのである。

だから、冷たい風といえども、私の隣人をバルコニーから追い払うことはできないのだ。彼は緑色に塗った箱の中の土を耕し、そこに真紅《しんく》のキンレンカや、サンシキヒルガオや、スイートピーの種子を注意深く蒔く。それから後は、毎日のように、それらの芽の出具合を見に、若芽を阻む雑草や虫を取り除きに、蔓《つる》に支柱を立ててやりに、水と温度とを適度に与えに、やって来るのだ。
望ましい成果を挙げるには、どれほど労力が要ることだろう！　これから先、幾たび私は、今日と同じように、寒さや暑さ、冷たい風や陽の光を彼が凌《しの》ぐのを見ることだろう！　それからまた、酷暑の季節になって、目をくらますような灼《や》けた塵埃《じんあい》が、通りを渦巻きながら通り過ぎて行くとき、真っ白な化粧漆喰《けしょうしっくい》の輝きに眩惑された眼が、どこで憩ったらよいかに迷うとき、また、陽に熱せられた瓦が、その照り返しで私どもを灼《や》くとき、この老兵は、緑の木陰に座り、自分の周りに緑の葉や花を一杯に控えさせて、心地よい香りを乗せて葉裏から吹いて来る清浄な微風《そよかぜ》に心を洗うことだろう。このようにして、彼の丹精は、遂に報いられることになる。

花を楽しむためには、種子を蒔き、芽を育てなければならないのだ。

四時。――先ほどから地平線に群がって来ていた雲の塊が、一層黒味を帯びて来て、大きな雷鳴が轟き始めたかと思うと、雨が激しく降って来た！　雨に打たれた人たちが、ある者は笑いながら、また、ある者は大声を出して何か叫びながら、四方に逃げ散って行く。

私はいつも、突然の驟雨《しゅうう》によって惹き起こされる、こうした潰走《かいそう》には格別な興味を覚える。突然の危機に遭遇すると、どんな人でも、世間や習慣が作り上げて来た後天的な性格を失って、本性《ほんしょう》を暴露するようだ。

今まで落ち着き払った足取りで歩いていた恰幅《かっぷく》のよい一人の男性が、突然、お仕着せであった無頓着さを装う気取りも忘れて、まるで小学生のように走っていく姿を見給え！　彼は、一応、流行を気取ってはいるが、内実は、帽子を台無しにすることを恐れる、倹約家の一市井人《いちしせいじん》に過ぎないのだ。

この男性とは反対に、あの向こうには、身のこなしがとても上品で、服装もぴったりと決まっている美貌の淑女が、勢いを増す驟雨《しゅうう》にはお構いなく、むしろ、その歩度を緩《ゆる》めている。まるで驟雨《しゅうう》に立ち向かうことに喜びを感じているようにさえ見える。そして、ビロードの外套が雹《ひょう》に打たれて斑点ができることも、一向意に介していない様子だ。彼女は明らかに、羊の服を着た牝のライオンである。

こちら側ではまた、通りすがりの一人の青年が立ち止まって、手の平に雹《ひょう》を受けて調べている。つい先ほどまでの歩度の速い、てきぱきとした足取りから推《お》して、人は彼を、掛け取りに回っている店員か何かだと思ったことだろう。ところが、それが、電気の作用を研究している青年学者に早変わりしたのだ。

また、突然に襲いかかって来た三月の旋風から逃れようとして、列を乱す小学生たち。今しがたまでとりすまして歩いていたのが、急に嬌声《きょうせい》を上げながら逃げていく娘たち。ポーチの下に雨宿りしようと、本務である軍人らしい態度を棄てる兵士たち。驟雨《しゅうう》が、すべてこれらの変貌をもたらしたのである。

雨は益々烈しくなって来た。泰然としていた人たちも、雨宿りする家を探さなければならなくなった。私の住まいの窓に向かい合っている、貸店舗のビラが貼られている店の方へと皆が走って行くのが見える。その店は、数か月のうちに四度も空店《あきだな》になったという代物《しろもの》なのだ。一年前に、建具屋とペンキ屋とが入って、化粧直しをしたが、その労力も、相次ぐ借主の放棄で既に台無しになっている。店の前面の軒蛇腹《のきじゃばら》は泥で汚れている。また、正面の出入口の唐草模様は、そこに貼られた安売りのビラで見る影もなくなっている。借主が代わる度に、この洒落《しゃれ》た店は、何かしらその装いを変えていく。今は、空き家になって、通行人が、勝手に入り込むのに任せられている！　この店の運命は、人が職業を変えることで、一段と速く破滅へと突き進んで行くことになる、そのことといかによく似通っていることか！

この最後の反省が、私には骨身にこたえる。今朝から、眼に映るあらゆるものが、同じ警告を口々に私に訴えかけているように思われる。こう叫んでいるのだ――「心し給え！　つましい幸せかもしれないが、今のお前の幸せに満足するのだ。幸せを逃がさないためには、不変の意志を貫くことだ。未知の主人に媚《こび》を売って、お前の旧《もと》の主人を捨ててはならない！」

このように訴えかけているのは、外に表われた事象それ自体からのものなのだろうか、それとも、この警告は、内心から発せられるものなのだろうか？　私を取り巻くすべてのものに、こうした言葉をかけているのは、他ならぬ、私自身ではないのか？　現世は、私ども自身の意志が奏でる楽器に過ぎない！　しかし、その世界が私どもに英知を授けてくれるのであれば、楽器でも何でもよくはないか？　私どもの胸の中で低く囁く声は、いつも、友情のこもった優しい声である。その声は、私ども自身が何者であるのか、換言すれば、私どもに何ができるのかを教えてくれるものだからである。悪事は、大抵の場合、天職の選び間違いから生まれてくるものだ。愚者や悪漢があれほどにも多いのは、己を知らない人が、それだけ多いからに他ならない。問題は、何が自分に適しているかを知ることではなく、何に自分が適しているかを知ることである！

世故《せこ》に長けた山師たちの間に混じって、この私に何ができるというのか？　私は軒下で生まれた、哀れな一羽の雀に過ぎないのだ。暗い物陰に隠れている敵を、いつも恐れていなければならないのだ。私は用心深く仕事をする稼ぎ人なのだ。余りにも突然に破滅した、あの隣人であった音楽家の女性の奢侈《しゃし》については、考えさせられるものがある。また、私は小心な観察者でもあるのだ。老兵士によって、時間をかけてゆっくりと育てられる花々のこととか、借主が次々と代わったがために破滅した、あの店のことなどを思い起こさないではいられない。ダモクレスの剣[*1]が頭上に懸かっているような饗宴《きょうえん》よ、私から遠くに去れ！　私は田舎の鼠なのだ。

胡桃《くるみ》と木の洞《ほら》とを与えてくれれば、他に何も要らない――要るのは安心感だけである。飽くことを知らない富への、あの欲求は、一体、何のためだろう？　人は、大きな杯《さかずき》で飲んだからといって、他人よりも余計に飲めるものではない。平和と自由との豊かな母である、あの〝凡庸さ〟に対するすべての人の嫌悪《けんお》は、一体、どこから来るのだろう。ああ！　公教育と私教育とが排除しなければならない悪は、正《まさ》にここにある。この悪が除去されれば、どれほど多くの背信《はいしん》が避けられ、どれほど多くの卑劣な行為が回避され、また、乱行と犯罪の鎖がどれほど多く永遠に断ち切られることだろう！　その時初めて、人は慈善や自己犠牲に心を向けるようになる。とりわけ、中庸に関心が向かって来る。中庸こそ社会の大きな美徳なのだ。無論、中庸は他の美徳を生み出しはしないが、その代わりをすることができる。

六時。――私は、新しい企ての発起人たちに感謝の手紙を書き、その中で、彼らの申し出を断わった。この決心が、私に平常心を取り戻した。あの靴直し職人*2と同じように、富への欲望を心に宿してからは、私は歌うのを止めていた。その欲望が去ってしまうと、幸せがまた再び甦《よみがえ》って来た！

おお、懐かしい、優しい貧困よ！　人々が困窮から逃れようとするように、お前から逃れようと一瞬間でも考えた私を、許してくれ。お前の魅力的な姉妹である同情、忍耐、節制、孤独と共に、永遠にここに留まってくれ。私の女王様ともなり、教導者ともなってくれ。人生の最高の義務を、私に教えてくれ。贅沢を求める心の弱さと軽薄さとを、私から遠ざけてくれ。聖なる貧しさよ！　不平をこぼさないで耐えることを、躊躇《ちゅうちょ》しないで分け与えることを、快楽よりも高いところに、権勢よりも遥か遠くに、人生の目的を求めることを私に教えてくれ。お前貧困は肉体を強健にし、精神をより堅固にする。そして、世の金持ちたちが岩石のようにしがみついているこの生は、お前のお陰で、死が私どもに何らの恐怖も感じさせないで、その艫《とも》綱《づな》を解くことのできる艀《はしけ》となる。これから先も、私を支え続けてくれ。おお、お前、キリストから「幸いなるもの[*3]」と呼ばれたものよ！

〔訳者注〕

＊１　ダモクレスの剣：いつ起るかも知れない危険。紀元前四世紀のシラクサ王ディオニュシオスは、廷臣ダモクレスが王の幸福をうらやんだので、その頭上に馬のたてがみ一本で剣を吊るして、豪華な食事を摂らせた。王位にある者には、常に危険が付きまとうことを教えた故事。

＊２　靴直し職人：十七世紀のフランスの詩人ジャン・ド・ラ・フォンテーヌ（一六二一〜一六九五）の寓話小説の中の人物で、仕事をしながら歌う歌が喧しいので、寝られなくなった金持ちが百クラウン与えて歌を止めさせた。ところが、靴直し職人の方は、貰ったお金のことが気掛かり

で仕事が手につかなくなり、せっかく貰ったお金の全額を返したという話。

＊3 「幸いなるもの」：〝心の貧しい人たちは、幸いである、天国は彼らのものである〟（『新約聖書』「マタイによる福音書」五章三節）。

第四章 互いに愛し合おう

四月九日。――美しい夕べが戻って来た。木々は芽をふき始める。ヒヤシンス、黄水仙、スミレ、ライラックが花売り娘の籠から芳香を放つ。人々は皆、河岸《かし》とか、並木道へと繰り出して来て、散歩を始める。夕食の後、私も夕暮の空気を楽しむため、屋根裏部屋から下りて行く。夕暮時こそ、パリがその美しさを存分に発揮する時である。昼間は、家々の正面の漆喰《しっくい》の壁はその単調な白さで人の目を疲れさせ、荷物を一杯に積んだ荷車は、その大きな車輪の下の敷石を震わせ、仕事熱心な人たちは、仕事にひと時の穴も開けてはならないとの思いに駆られながら互いにすれ違ったり、ぶつかり合ったりする。街全体の様子にも何か厳しい、不安な、息を詰まらせるものがある。しかし、星がまたたき始めると、すべてが一変する。白い家々のぎらぎらとした輝きは、次第に迫って来る暗闇の中に溶け込んでいく。聞えるのは、ただ夜会へと走る馬車の音だけである。通りには、ぶらぶら歩きの人たちとか、いそいそと歩いている人たちしか見受けられなくなる。仕事が余暇に席を譲ったのだ。今や人びとは、昼間の仕事の厳しい競争を終えて、一息入れる。残っている力のすべてを、快楽に向けるのだ！　ダンスホールに灯かりが点《とも》り、見世物小屋が開き、舗道沿いに軒を並べる食べ物屋が美味しそうな料理を並べ、大声で叫んでいる新聞売り子のカンテラが煌《きらめ》く。パリは、決然として、ペンと物差しと前垂《まえだ》れとを放棄してしまった。仕事に打ち込んだ一日の後に、パリは快楽の夜を必要とするのだ。テーバイの支配者たち[*1]のように、パリは、重大な問題のすべてを明日に先延ばしする。

私もまた、この楽しいひと時を皆と共有することが好きである。だからと言って、群集のはしゃぎに列《つら》なるのではなく、ただ、その様子を眺めるのである。仮に他人の歓びが嫉妬心を掻き立てることがあるとしても、それはまた、忍従の心を強固にしてくれる。その歓びは、あの信頼と希望という二つの綺麗な花を咲かせる太陽の光でもあるのだ。

ただ一人で華やいだ群集の中にいても、私は孤立しているという気はしない。なぜなら、彼らの陽気さが、私に乗り移って来るからである。今、生きることを楽しんでいるのは、私と同類、同属の人たちなのだ。私は、彼らの歓びから、同胞としての分け前を貰う。私どもは皆、この地上の戦いの中では戦友なのだ。だから、勝利の栄誉が誰の手に渡ろうと、そんなことは問題ではない。たとえ運命の女神が傍《かたわ》らを素通りして、他の人に恩恵を惜しみなく与えるとしても、パルメニオンの友[*2]のように、「あの人たちもまたアレクサンダーの友なのだ」と言って、自らを慰めよう。

　こんなことを考えながら、私はあてどなく街を歩いて行った。こちら側の歩道から、反対側の歩道に移ったり、また引き返したり、店先で立ち止まって貼紙を読んだりした。パリの街には、学べるものが幾らでもある！　街全体が素晴らしい博物館なのだ！　お目にかかったこともない果物、外国産の武器、古い時代の、また、様々な土地の家具類、あらゆる地域の動物、偉人の彫像、遠い国々の服装！　パリには、世界が標本の形で展示されているのだ！

　このようにして、その知識が、専《もっぱ》ら、街の飾り窓とか貿易商人の商品陳列などから得られている人たちを見るがよい！　あえて教えられた訳ではないが、彼らは、あらゆるものに関して一通りの知識を身につけている。シュヴェの店ではパイナップル、植物園では椰子の樹、ポン・ヌフ[*3]の市場では砂糖黍《さとうきび》を目にした。ヴァランチノ・ホール[*4]で見世物になったアメリカ・インディアンたちは、野牛のダンスを身振りで演じることや、長いパイプで煙草をくゆらすことなどを彼らに教えた。彼らパリっ子たちは、カルテルのライオンに餌を与えた。彼らは、バビンの蒐集を見て、主な国々の衣装を知った。グーピル商会[*5]の展示は、アフリカの猛獣狩りやイギリス議会開会の模様などを、目《ま》の当たりに見せた。彼らは、絵入り新聞によって、ヴィクトリア女王[*6]、オーストリア皇帝[*7]、コシュート[*8]などを知った。これから先、更に、彼らに知識は与えることができるとしても、最早、彼らを驚かせることはできないだろう。彼らにとって、新奇なものはもう何もないからである。パリの子どもを、世界の五大州に連れ歩いてみるがよい。きっと彼を驚かすに違いないと想像される、どんな珍しいものを見せても、あの厳かなよく知られた言葉で応えるだろう。「僕、知ってるよ」と。

しかし、パリを、世界の見本市にしているこうした様々な陳列品は、散歩者たちに、単に知識を得させるための手段を提供するだけではない。それは、想像力を高める不断の刺激となり、また、私どもの夢の実現のために懸けられている梯子の第一段でもあるのだ。街の陳列品を見るだけで、どれほど多くの想像上の旅が計画され、どれほど多くの冒険が夢見られ、どれほど多くの不思議な情景が思い描かれることだろう！　例えば、中国風の公衆浴場に隣り合っていて、フロリダの素馨《そけい》*9で織られた壁掛けが掛けられ、木蓮で一杯に満たされている店を眼にすれば必ず、彼らパリっ子の眼前には、『アタラ』の著者*10によって描かれた、あの新大陸アメリカの森林の中の空地が展開されて来るのである。

様々な事柄の観察であるとか、理性による推論であるとかに疲労を感じ始めたら、自分の身の周りを見回してみればよい。群集の身体つきや容貌などには、何という違いが見られることか！　内省を行うための、いかに広い分野が存在していることか！　街中でちらっと眼に入ったもの、すれ違いざまに耳に入って来た数語などが、限りなく想像力を拡げてくれる。街の中で気づくこれら些細なものが、一体、何を意味するのかを理解しようとの思いから、ある動作とか言葉をもとに、何か一つの「物語」を組み立てようとする。それは、正《まさ》しく、考古学者が、古い記念碑の所々が欠けた碑文を判読しようと努力することにも似ている！　こうした試みは、精神を活性化してくれると同時に、現実世界の物憂い退屈さからの息抜きを、架空の世界の中に見出させてくれる。

ああ、何と無情と言おうか！　私が、とある大邸宅の車寄せの側《そば》を通り過ぎた丁度その時、こうした「物語」の題材の一つに出くわしたのだ。一人の男が、帽子を手にして、辺《あた》りでは一番暗くなっている片隅に座り、道行く人の施しを受けようとそれを差し出していた。擦り切れた上着は、赤貧との長い苦闘を証拠立てる、あの貧しい清潔さを保っていた。ボタンはきちんとかけられて、内にシャツを着ていないことを隠していた。顔は、長い白髪混じりの頭髪に半分隠され、眼は、自分の屈辱を眺めることを避けようとしているかのように閉じて、彼は黙って座っていた。側《そば》を通る人たちの中で、じっと無言のままで暗闇に座っているその男に気づく人は、殆どいなかった！　通行人たちの多くは、彼の愚痴と哀訴とから逃《のが》れることができたことを幸いに、眼を伏せて足早に通り過ぎて行った。

その時、突然、その大邸宅の大きな門扉《もんぴ》が、左右に開かれた。銀製のランプを灯《とも》し、二頭の黒馬《あお》に曳かれた車高の低い馬車が、ゆっくりと出て来て、街角を曲がりサン・ジェルマン街*11の方へと走り去った。車の中に、私は、舞踏衣裳のダイヤと花の煌《きらめ》きとを辛うじて認めることができた。眩しいランプの光が、血の筋を引いたように、その男の蒼白い顔面を過《よ》ぎり、一瞬、その姿を浮かび上がらせた。彼は目を見開いて、その豪華な馬車が暗闇の中へと消え去るのを見送った。

私は、彼がなおも差し出している帽子の中に、僅かばかりの施しを投げ入れて、足早に、そこを立ち去った。

現世を悩ませている二つの悲しむべき病弊に、私は思いがけなくも触れたのであった。困窮に苦しむ者の羨望に満ちた憎悪《ぞうお》と、満ち足りた生活をしている者の我儘な自負心とに！

今宵の散歩の楽しさは、すっかり消え失せてしまった。私は辺《あた》りを眺めることを止めて、再び自らの内に立ち帰った。街のあの生き生きとした活気に満ちた光景は、悲痛な問題についての内心での考察へと代わっていった。それは、過去四千年間、人間の闘争の一つ一つの根底に横たわっていたのだが、今日、改めて、一層明確な形で、提示されて来た問題でもあった。

敗北と勝利とが、ただ交互に入れ代わるだけのあの多くの闘争の空しさとか、カインとアベル[*12]の血腥《ちなまぐさ》い物語を代々繰り返して来た、あの狂信者たちの誤解などに思いを巡らせ、その痛ましい幻想に胸が痛くなった私は、ただあてどもなく歩き続けていたが、やがて、周りが森閑として来て、ふと我に返った。

私は閑静な住宅街の一画まで来ていたのだ。そこで暮す人たちは、安楽にしかも謙虚な生活を営み、そして、真面目な思索と家庭の団欒《だんらん》とを愛する人たちであった。ほの暗い舗道には一軒の商店もなかった。馬車の走る遥かな音、静かにわが家に戻る幾人かの住民の足音の外は、何も聞えなかった。

この住宅街へは、以前一度だけ来たことがあったのだが、直ぐに、その街での思い出が甦《よみがえ》って来た。

それは、今から二年前のことであった。季節も丁度今と同じ頃で、その時も、私はセーヌに沿って歩いていた。両岸は、闇の中に溶け込んでおり、河岸や橋々の灯りは、星の花輪に取り囲まれた湖のような眺めを河に与えていた。私はルーヴルまで来た。その時、橋の欄干のたもとに人だかりができていたので、足を止めた。人々が泣いている五、六歳位の男の子の周りに集っていた。私は、その子の泣いている理由を尋ねた。

「テュイルリー公園*13へ散歩に連れて行かれたらしいんですよ」と、鏝《こて》を手にした仕事帰りの左官が、私に言った。「この子の面倒見を任されていた若い者が、そこいらで、何人かの友だちと出遭って、一杯やって来るから、ここで待っているようにと言ったらしいんです。ところが、盛り上がっているらしくて、奴《やっこ》さんがまだ帰って来ないんで、この子は家へ帰れない、という訳なんです」

「名前と住所を聞いてみたらどうです？」

「もう一時間も前から聞いてるんですが、名前はシャルルで、父親の名はデュヴァルということ位しか分からないんです。デュヴァルって名の家は、広いパリには、千二百軒はありますからね」

「じゃあ、住んでいる街の名前はどうなんだろう？」

「多分、知らないと思いますよ！　金持ちの子どもらしいんでね。馬車に乗ってか、お付きの者と一緒でなきゃ、外へ出たことなんかないんでしょ。だから、一人では何をしていいか分からないんですよ」

　ここで、左官の声が、一際高い幾人かの声に遮《さえぎ》られた。

「ここにこのままという訳にはいかんだろう」と言う人たちが何人かいた。

「人さらいに連れてかれちまうぞ」と、続けて言う人もいた。

「警官に預けよう」

「いや、警察署の方がいいぞ」

「それだ。坊や、おいで！」

　しかし、こうした危険を仄めかす言葉とか、警察という言葉が出たことにすっかり怯えたその子は、前よりも一層大きな声で泣き出し、橋の欄干の方へ後ずさりした。どんなに宥《なだ》めてみても無駄だった。恐怖心から、益々抵抗は強まるばかりであった。そのため、それまで深い関心を寄せていた人たちも、いい加減見切りをつけ始めていた。その時、一人の子どもの声が、大人たちの騒々しい声の間から聞こえて来た。

「この子なら僕知ってるよ」と、その子は迷子の子どもを見ながら言った。「この子、僕の街の子だよ」

「何という街だい？」

「あの大通りの向こう側のマガザン街さ」

「お前、この子を見掛けたことがあるんだね？」

「そうだよ！　通りの外れの大きな家の子だよ。鉄柵の門があって、その突先が皆金色なんだ」

迷子はすっと頭を上げて、泣き止んだ。小さな男の子の方は、彼に向けられた質問のすべてに答えたが、その答えには、少しも疑いの余地がなかった。そのことが迷子にも分かったらしく、その男の子の庇護の下に身を置こうとするかのように、彼に近づいて行った。

「じゃあ、この子を両親のところまで連れてってくれるね？」と、その小さな男の子の説明に聞き耳を立てていた左官は尋ねた。

「いいよ、任しといて」と、彼は答えた。「どうせ同じ方向に帰るんだもん。この子は、僕に付いて来さえすればいいいんだよ」

敷石の上に置いていた籠を再び手に取ると、その男の子は、ルーヴルの裏門の方へと歩き始めた。

迷子の子どもも、その後を追った。

「無事にあの子を連れてってくれればいいがね」と、私は二人の子どもが立ち去る姿を眺めながら言った。

「心配要らないですよ」と、左官は答えた。「あの上着の子は、迷子の子と同い年くらいでしょうが、ご覧のとおり、あの子には、白と黒の区別がちゃんとついてますよ。貧乏は何よりの先生なんですね」

人だかりはもう散っていた。私もルーヴルの裏門の方へと歩き始めた。何か間違いが二人の子どもの上に起こらないように、後をつけていこうという考えが、私の頭に浮かんだのだ。

やがて、私は彼らに追いついた。二人はお喋りをしながら並んで歩いており、もうすっかり、互いに打ち解け合っているようであった。彼らの服装の対照が、その時、私の心を打った。小さなデュヴァルは、趣味がいいばかりでなく、高価で上品な子ども服を着ていた。上着は、身体にぴったりと合っており、腰から襞《ひだ》をとったズボンは、真珠貝のボタンのついたエナメル塗りの子ども靴にまで達していた。そして、彼の巻き毛は、ビロードの帽子で半ば隠されていた。これとは反対に、彼の案内人を務める子の服装は、貧困の限界点で暮らしているが、くたばらないで自分の地歩を維持している階級に属する人たちの服装であった。違った色合いの布で繕《つくろ》いをされた古びた上着は、時間による磨耗と闘っている勤勉な母親の辛抱づよさを示していた。ズボンは短くなって、何度もかがられた跡を残すストッキングを覗かせていた。靴は、彼のために誂《あつら》えられたものでないことは明らかであった。

二人の子どもの顔立ちもまた、服装と同じくらいに違っていた。小さなデュヴァルのそれは、華奢《きゃしゃ》で洗練されていた。澄んだ青い目、色白の皮膚、微笑んでいる口許などは、無垢《むく》と幸福とを示す魅力を彼に与えていた。対照的に、男の子の顔立ちには、ある種の粗野の面影が見られた。眼は、生き生きと輝いていた。顔は、日焼けしており、微笑みには、そつのなさだけが目立って、温か味がなかった。これらのすべては、年の割に早い経験によって鋭くされた知恵を示していた。彼は、馬車が頻繁《ひんぱん》に行き交う街路を、平気で歩いて渡り、多くの曲がり角を躊躇《ためら》いもなく進んで行った。

男の子から聞いて分かったことなのだが、毎日、セーヌの左岸で仕事をしている父親のところに、弁当を届けている、ということであった。この責任のある務めが、彼を注意深く慎重にさせていた。彼は、いわゆる、必要性だけが教えることができる、あの厳格で力強い教訓を学んでいたのだ。しかし、不幸にも、家庭が貧困であったため、学校には通っていなかったので、その損失を感じているように思えた。というのは、彼はしばしば、版画店の前で立ち止まり、版画の説明書きを読んでくれるように、連れの子に頼んでいたからである。こうしている内に、私どもはボン・ヌーヴェル大通り*14に出た。すると、迷子の男の子は、その通りなら分かる、と言った。疲れているというのに、その子は足を速めた。複雑な感情に急《せ》き立てられたのだ。自分の家が見えると、叫び声を挙げて、その先端が金色の鉄柵門の方へと走り出した。入口に立っていた一人の女性が、両腕を拡げて彼を迎えた。喜びの叫びやキスの音で、私はその人が、彼の母親であることを直ぐに察知した。

付き添わせた若者も息子もまだ帰って来ないので、彼女は、あらゆる方面へ彼ら二人を探す人を送り出し、ひどく心配しながらその帰りを待っていたのであった。

私は、手短かに事の次第を説明した。彼女は、私に心からの感謝の言葉を述べ、それから、自分の息子の顔を知っていて、連れて帰ってくれた、あの男の子の姿を探した。しかし、私どもが話をしている間に、その子はもう姿を消してしまっていた。

この出来事があって以来、私がパリのこの界隈《かいわい》に来たのは、今日が初めてであった。母親は、今でも、あの男の子に感謝し続けているであろうか？　あの二人の子どもたちは、その後、再会したであろうか？　彼らが出会えたあの幸せな偶然は、異なった階級の違いを知らしめたかも知れないが、決して、二人の間を分け隔てるべきでないあの障壁を、低めることになっただろうか？

こうした問いを、自分に問いかけながら、私は歩みを緩《ゆる》めて、丁度目に入って来たあの大きな鉄柵門を、つくづくと眺めていた。すると、突然、門扉《もんぴ》が開いて、二人の男の子が現われた。二人とも見違えるほど大きくなっていたが、私には一目で、あの子どもたちであることが分かった。ルーヴルの欄干の側《そば》で迷子になっていた子どもと、連れて帰ってやった、あの小さな案内人とであった。しかし、あの時の男の子の服装は、一変していた。霜降りの上着は、さっぱりとして、瀟洒《しょうしゃ》でさえあった。そして、腰の周りには、光沢のある皮製のバンドを締めていた。彼は頑丈そうな靴を履いていたが、それは彼の足に合わせて作らせたものであった。それに、真新しいハンチングを被《かぶ》っていた。

私が彼に眼を止めたとき、彼は、両手で、ライラックの大きな花束を抱えていたが、それに連れの子どもが、水仙と桜草とを懸命に付け加えようとしていた。二人の子どもは笑いながら、仲良く別れの挨拶を交わして別れた。デュヴァル氏の息子は、相手の子どもが通りの角を曲がって、その姿が見えなくなるまで、屋敷には入らなかった。

それから、私は、その男の子に声をかけて、以前一度、遭ったことがあることを思い起こさせた。彼はしばらく私の顔を見ていたが、記憶を甦らせたようであった。

「帽子をとらないままですみません」と、彼は快活に言った。「シャルル君がくれた花束で、両手が使えないいんです」

「じゃあ、君たちは仲良しになったんだね？」と、私は尋ねた。

「ええ、そうです」と、子どもは答えた。「今では、僕のお父さんもお金持ちです！」

「どうしてそうなったの？」

「デュヴァルさんが、お金を少し貸してくれたんです。それで、お父さんは自前で仕事ができる店が持てたのです。そして、僕も、学校へ通っています」

「そうなのか」と、私は彼の小さな上着の胸を飾っている十字章に、初めて気づいて言った。

「君は級長なんだね？」

「シャルル君が勉強を見てくれるので、僕、クラスで一番になりました」

「今日も、今まで勉強していたんだね？」

「そうです。それから、ライラックの花をくれたんです。彼の家には広い庭があって、そこで、僕たちは一緒に遊びますし、僕のお母さんは、いつも、そこで採れる花を貰っています」

「それじゃあ、その庭の一部分は自分のものみたいなんだね」

「そうです！　本当にいい人たちですよ！　ああ、もう家まで来ました。さようなら、小父さん」

彼は微笑みながらお辞儀をして、姿を消した。

私は、まだ物思いに耽っていたが、心は軽く、散歩を続けた。先刻は、富裕と困窮との痛ましい対照を目にしたが、ここでは、富と貧しさとの真実の融和を見出した。心からの善意が、双方の厳しい不平等を和らげて、慎《つつ》ましい工房と堂々とした邸宅の間に、真の近隣意識と仲間意識との途《みち》を開いたのである。利害の声に耳を傾ける代わりに、彼らは共に自己犠牲の声に耳を傾けていて、そこには、軽蔑や羨望《せんぼう》の入り込む余地は全くなかった。このようにして、先ほど、金持ちの家の門前で、富を呪っているのを見た、あの襤褸《ぼろ》を纏った男の代わりに、花束を抱え、富を祝福する幸せそうな労働者の子どもを私は見出したのであった！　権利を絡《から》ませて論議すれば、とても困難で危険でさえある問題が、愛によって見事に解決される現実を、私は目《ま》の当たりにしたのである。

〔訳者注〕

＊１　テーバイの支配者たち：紀元前三七九年、古代ギリシャの都市国家テーバイ駐在のスパルタ軍司令官が暗殺計画を知らせる重要文書を受け取ったが、翌日開封と勝手に決めて、そのまま枕の下に隠しておいたため、その日の晩、司令官たち全員が殺害されたという故事。

＊２　パルメニオンの友：アレクサンダー大王自身のこと。

＊３　ポン・ヌフ：シテ島の西端を横切ってセーヌ川に架かる橋。現存するパリ最古の橋。

＊４　ヴァランチノ・ホール：元はコンサートホールであったが、後には公演場として用いられた。

＊5　グーピル商会：パリの有名な版画商。
＊6　ヴィクトリア女王：イギリスの女王（一八一九〜一九〇一〈在位一八三七〜一九〇一〉）。
＊7　オーストリア皇帝：フランツ・ヨーゼフ一世（一八三〇〜一九一六〈在位一八四八〜一九一六〉）。
＊8　コシュート：コシュート・ラヨシュ（一八〇二〜九四）。十九世紀ハンガリーの愛国者。祖国の独立運動を指導。
＊9　素馨：モクセイ科の常緑低木。夏、枝先に白色の花を数個ずつつけ、夜間に開く。花に芳香があり、香油をとる。ジャスミン。
＊10　『アタラ』の著者：著者のフランソワ＝ルネ・ド・シャトーブリアン（一七六八〜一八四八）は、フランスの作家・政治家。
＊11　サン・ジェルマン街：セーヌ川左岸のパリ高級住宅地。
＊12　カインとアベル：カインはアダムとイヴの長男で、嫉妬心から弟のアベルを殺害した。
＊13　テュイルリー公園：ルーヴル美術館に繋がるパリの公園。元はテュイルリー宮殿の庭。、パリ・コミューンの際に焼失した跡地。
＊14　ボン・ヌーヴェル大通り：パリ北駅から少し南に位置する大通り。

第五章

償い

五月二十七日、日曜日。――大都会にはその都市に特有な個性がある。その一つが休日である。この日、市民たちは、一斉に戸外へと出掛けて行く。まるで籠から放たれた小鳥たちのように、彼らの石造りの籠から抜け出て、嬉々として田園へと飛び去る。そして、丘の若草に座る者、木陰で憩う者などと、陣取り競争が始まる！　それから、五月の花を摘んだり、野原を駆け回ったりする。街のことはすっかり忘れ去られ、夕方には、サンザシの花を帽子に飾り、心をその日の楽しい思い出で一杯にして、帰途に着く。翌日は、また再び、平常の仕事に戻る。

こうした市民の遊山は、大都会パリでは殊に著しい。春が来ると、勤め人、商人、職人たちは、日曜日を待ちかねていたように、田園生活の数時間を味わいに、郊外へ出かける。本物の大根畑を見たいとの一心から、彼らは、場末の八百屋や酒店の間の小路を八キロメートルも通り抜けて歩く。父親は、パンに仕上げられる前の麦とか、〝自然のままの〟キャベツを指差しながら、息子の実物教育を始める。遭遇と発見と冒険の成果がいかに大きいかは、神様だけがご存知であろう！　パリっ子の内、郊外を闊歩して、自分の漂流《ひょうりゅう》奇譚《きたん》が持てなかった人が今までにいたであろうか？　また、あの有名な旅行記『パリからサン・クルーへの海陸旅行』[*1]の姉妹編が書けないというパリっ子がいるだろうか？

ここで、私がパリっ子と言っているのは、フランスのバビロン[*2]とでも言えるパリを、ヨーロッパの隊商宿くらいにしか考えていない、世界のあらゆる地域から集って来る浮き草のような人たちのこと、つまり、ホメロスの主人公[*3]のように、「多くの民族や都市」を見た後で、彼らの知的祖国にたどり着いた思想家、芸術家、企業家、旅行家などの一群の人たちのことを指して言っているのではない。岩にしがみ付いている蠣《かき》のように、自分たちの居所を護って建物の各階に棲息《せいそく》しながら、この街に定着している人たちのこと、要するに、何世紀も前から引き継いで来ている人の良さ、緩慢さ、純朴さなどのような好奇心をそそる痕跡が見られる人たちのことを言っているのだ。

パリの不可思議の一つは、性格も風習も全然違った二十もの様々な人たちを上手く糾合《きゅうごう》していることである。そこでは、運命とか気まぐれとかの人生の段階のすべてを次々と上手に渉《わた》り歩いて行く、あの商業や芸術に長《た》けたジプシーたちの傍《かたわ》らで、同一の針が同一の時刻を順次に繰り返し刻んでいく時計の文字盤にも似た生活をしている、自立した生活者や正規の労働者たちが、静かに暮らしているのである。これがパリなのだ！　パリほど艶《あで》やかで、しかも、人の心を掻き立てる都会生活が送れる都市は他にはないだろう。また、これほど目立たない、これほど平穏な都会生活が送れる都市もパリ以外にはないだろう。大都会というのは、海のようなものである。嵐はその表面しか騒がさない。海底へと下りていけば、そこには、振動も騒音も伝わらない領域がある。

私自身は、こうした静謐《せいひつ》の領域の手前のところで生活したことはあったが、現実には、そのような世界とは無縁な生活をして来た。成るほど、私は、世間の喧騒から隔離されて、孤独という殻の中で暮らしてはいたが、私の思考は、いつの場合も、世間の苦闘に向けられていた。ある一定の距離を置いてのことだが、私は人生模様のすべてを、悲喜交々の心を抱いて眺めていたのだ。だから、私は祝宴にも葬列にも参加した。自分の眼で直《じか》に見る人を、また、その事情を知っている人を、どうして拱手傍観《きょうしゅぼうかん》することができようか？　世間の人の生活に対して無関心にさせるものは、むしろ無知の所為《せい》であって、利己心だけで無関心になるとは思えない。

私は、こうした考察を、私の屋根裏部屋で自分自身に対して試みた。自分で進んで動こうとしなければ、誰も手助けをしてくれる者がいない独身者がやむなく行なう、あの様々な「家事」の合間を縫って、このことは行なわれた。つまり、私はこうした自らへの凝視を続けながら、靴を磨いたり、上着にブラシをかけたり、ネクタイを結んだりした。そして最後には、世界を創造した後の神のように、「果してこれでよいのかどうか」を自らに問いかけるという厳粛な瞬間を持った。

遂に、一大決心が、私のいつもの習慣から私を引き離した。というのは、前日の晩、広告を見て、次の日は、セーヴル*4の町がお祭りの休日で、陶器製造所が公開されることを知ったのである。私は朝の上天気にも誘われて、急に、その町へ行って見る決心をした。

セーヌ左岸の駅に着くと、沢山の人が発車時刻に遅れまいと急いでいた。鉄道は、他の多くの利点に加えて、フランス人に時間に仕えることを教えるであろう。自分たちは時間に仕えているのだ、ということを受け容れるとき、時間に従うことを覚えるのだ。そして、時間は待ってくれないことを知るとき、待つことを学ぶのだ。社会の美徳は、何と言っても、善良な習慣である。どれほど多くの優れた特質が、地理的環境、政治的要求、制度などを仲介にして、様々な国に移植されて来たことだろう！　一例を挙げれば、蓄積するには余りにも重く、また、余りにも嵩張《かさば》る銅貨の鋳造《ちゅうぞう》が、スパルタ人*5の間に、一時、金銭に対する強欲さを諦《あきら》めさせた、ということがある。

私は、前に述べたような、あの引込思案で控え目なパリの住人の部類に属する二人の中年の姉妹と、車輛を共にすることになった。二言、三言、丁寧な挨拶を交わしただけで、彼女たちは私を十分に信用してくれた。そして、数分後には、私は、彼女たちの身の上をすっかり知ることになった。

彼女たち二人は十五歳で孤児になった気の毒な女性たちであった。それ以来ずっと、生計のために働く人たちがそうしなければならないように、倹約と窮乏の中で生計を立てて来ていた。この二、三十年間、彼女たちは同じ店のために装身具類を作る仕事を続けて来た。その間に、店の主人が十人も次々に代わり、それぞれが身代《しんだい》を築くのを見て来たが、自分たちの運命には何の変化も見られなかった。彼女たちは、空気が淀んでいるだけでなく、陽も当たらないサン・ドニ街の路地の一つの奥まった場所の部屋にずっと住み続けている。夜の明けない内から仕事に出かけて、夜遅くまで働き続ける。そして、日曜礼拝か、散歩か、または、病気の他は、これといった出来事などもなく、平安に歳月が流れていた。

この二人の真面目な働き手の中の、年下の方は四十歳位で、彼女が幼い子どもの頃そうしていたように、今でも、姉に絶対的な服従をしている。姉はまた姉で、母親の慈愛をもって、妹を監督し、世話をし、叱責もする。世間の人は、初めの内は、二人のこの様子を見て、面白がる。しかし、暫らくすると、一方は服従の、他方は保護の習慣が、未だ抜き切れていない、この白髪混じりの二人の姉妹の中に、何か感動的なものを見出さずにはいられなくなる。

また、私に、この二人の道連れが実年齢よりも若く見えたのは、そうした姉妹関係によるだけではなかった。彼女たちは本当に世間に対して無知で、事毎に驚きをあらわにした。まだクラマール[*6]にも着かない内から、まるで子ども輪舞の王様[*7]のように、「世界がこんなに広いとは思わなかったわ！」と、我を忘れて叫んだ。

彼女たちが汽車に乗ったのは、この時が生まれて初めてであった。その驚愕、その恐怖、その勇敢な決心などの有様を眺めるのは大変に興味深かった。ありとあらゆるものが、彼女たちの驚嘆の的となった！　彼女たちの心の中には、まだ青春の名残りが残されていたのだ。その埋もれ火のようなものが、通常であれば、子ども時代にしか感動を呼ばないものにまで、敏感に反応させたのであった。可哀そうな彼女たち！　年齢的には、青春の魅力を既に失っていたが、その感情は失われずに保たれていたのだ。

人生の楽しみのすべてを抑制し続けて来た彼女たちの純真さの中には、何か神聖なものがありはしないだろうか？　ああ！　あれほど多くの悲痛な欺瞞や侘《わび》しさや諦観を想起させる、あの老嬢《オールドミス》という言葉に、嘲笑的な意味を含めることを最初に企てた者よ、呪われよ！　不本意な不幸の中にさえも嘲笑の種を見出すことのできた者よ、また、霜を置いた頭に茨の冠を戴かせた者よ、恥を知れ！

二人の姉妹の名前は、フランソワーズとマドレーヌと言った。彼女たちのこの度の遊山旅行は、生涯にその例を見ないほどの勇敢な偉業とも言えるものであった。時代の熱狂が、知らず知らずのうちに、彼女たちにも感染していたのだ。昨日、マドレーヌが、突然、この度の旅行を思いついて提案し、姉のフランソワーズが、直ぐそれに賛成した。しかし、妹によって仕掛けられた誘惑の罠に嵌《は》まらない方が、よかったのではなかろうか？　だが、用心深いフランソワーズが冷静に、かつ理性的に言ったように、「どんな年齢になっても狂気染みた真似はする」ものなのである。マドレーヌの方は、少しの後悔もしていないだけでなく、何らの疑念も持っていなかった。彼女は家庭の銃士[*8]なのだ。

「楽しまなきゃあ嘘よ」と、妹のマドレーヌは言った。「たった一度の人生だもの」

一方、姉の方は、こうした享楽主義の格言に、ただ微笑むだけだった。彼女たち二人とも、自立への熱望が、未だ危機にあることは明らかであった。

ともあれ、もし何らかの良心の咎《とが》めが、彼女たちの喜びを損なうようなことがあったとしたら、本当に悔しいことだ！　彼女たちの喜びは、それほど純粋であり、率直であった！　線路の両側を、まるで走り抜けるかのように飛び去る樹木の様子は、彼女たちに止めどもない感嘆の声を上げ続けさせた。雷鳴のような轟きと速さとで反対方向から驀進して来る汽車とすれ違うときは、彼女たちに眼を閉じさせ、大きな叫び声を上げさせた。しかし、汽車は一瞬にして姿を消して行ってしまう！　彼女たちはあたりを見回し、再び元気を取り戻して、不可思議なものを見た時の驚きを身体全体で表現した。

マドレーヌは、こうした眺めに遭遇するだけでも、この旅行の費用は惜しくないと言った。フランソワーズの方は、この度の出費が家計に及ぼすに違いない欠損のことを、何がしかの恐怖の念をもって思い出していなかったならば、妹のその言葉に賛同していただろう。実は、この度の旅行に費やされる三フランは、まる一週間分の労賃を節約して捻出したものであった。こうした訳で、姉の方の喜びは、悔恨と入り混じったものであった。だから、いわゆる、この〝乱費家〟は、時折、自分の住まいがあるサン・ドニ街の裏通りの方を振り返って眺めるのである。

だが、窓外の風物の転換とその連続とが彼女の気分を紛らわしてくれる。こちら側《がわ》には、美しい風景に縁取られたル・ヴァル橋がある。右手には、霧の中から浮かび上がり、陽の光を浴びて輝く大建築物を擁するパリの街が、そして、左手には、別荘、森、葡萄畑、ムードン宮殿*9などが見える！　二人の姉妹は、感嘆の声を上げながら、ここかしこと車窓から車窓へと車内を移動する。同じ車輛に乗り合わせた人たちは、その子ども染みた驚きようを見て笑う。しかし、その動きは、私には感動的な眺めであった。何故なら、その中に、私は長い単調な蟄居生活の証拠を見る思いがしたからである。彼女たちは、数時間だけだが、自由と新鮮な空気とを取り戻した労働の囚人なのだ。

遂に、汽車が停まり、下車する。私は、鉄道線路と家々の庭との間を通ってセーヴルへと続く小径を、二人の姉妹に教えてやる。彼女たちは、私が帰りの時刻を尋ねている間に、もう歩き出していた。

私は、次の駅まで歩いて行った所で、再び彼女たちと落ち合った。踏切番の小さな庭の畔《ほとり》に立ち止まっていた。二人は、花壇を掘り起こし、草花の種子を蒔くための畝を作っている踏切番の男と話し込んでいた。彼は、彼女たちに、今が除草をしたり、接ぎ木や取り木をしたり、一年草の種子を蒔いたり、薔薇につく虫を駆除したりする最高の時期であることを教えていた。マドレーヌは、家の窓の敷居の上に、二個の植木箱を置いているのだが、そこは風通しも陽当たりもよくないため、今までは、精々、クレソン位しか育てることができなかった。しかし、彼女は、色々な園芸知識を得たので、これからは、そこで、どんな植物でも上手く育てられることを確信した。最後に、モクセイソウの種子を蒔いて花壇の縁取りとしていた踏切番の男が、蒔き残りを彼女にくれたので、大喜びでその場を立ち去った。その時、彼から貰ったこの花に対して、彼女は、寓話の中のペレット*10が、ミルク壺に対して抱いたのと同じような夢を、何度も心に思い描き始めていた。

お祭りが行われているアカシアの並木路までたどり着いたとき、私は二人の姉妹の姿をまた見失ったので、一人で人混みの中を歩いた。そこには、富籤場や、辻芸人のショーや、回転木馬や、射的場などが並んでいた。私は、いつの場合も、こうした活気に満ちた戸外でのお祭りには、本当に感動するのである。大広間のパーティの場合は、人々は冷やかで、堅苦しく、しばしば退屈させられる。それは、そこへ集まる大多数の人たちが、慣習か社交上の義務感で参加しているからである。これに反して、田舎のお祭りでは、快楽を望んで引きつけられた人たちだけが集って来ている。それは、徴募兵の集まりと、陽気な義勇兵の集まりとの違いである！　それに、お祭りに集る人たちは、とても簡単に喜びを感ずるのだ！　どんなことも楽しいと思わず、また、何でもを蔑視することが、高尚な趣味の高さを示すものだということに、この人たちは何と無縁であることか！　確かに、彼らの娯楽は下品であるかも知れない。上品さとか繊細さとかは、彼らには欠けているかも知れない。しかし、少なくとも、心情に優しさがある。ああ、彼らのお祭りに、野卑な情緒がもう少し少なくなって、開放的な陽気を維持することができれば、言うことなしなのだ！　昔は、宗教が田舎のお祭りを祝福して、自らの聖なる性格をそれに注ぎ込むことによって、お祭りの素朴さが損《そこ》なわれないようにし、また、その快楽を純化させたりしたものである。

陶器製造所と陶器陳列館が公開される時刻が来た。その第一室で、フランソワーズとマドレーヌに再び出会った。とても豪華で存在感のある陳列品を前にして心を奪われ、彼女たちは、殆ど歩く勇気さえも失っていた。まるで教会にでも来ているように、声まで低めて話した。

「私たちは、今、宮殿に来ているのだわ！」と、フランスにはもはや王様はいないことなど忘れて、フランソワーズが言った。

私は、彼女たちに先に進むように促し、私が先頭に立って歩いた。すると、彼女たちも後について来ることを決心した。

これらの収集品の中には、どのような感嘆すべき作品が潜《ひそ》み隠れているのだろうか！　まず、あらゆる形に造形され、多彩に色彩が施され、そして、ありとあらゆる物質と組み合わされた粘土の作品が目に入る。

土と木は、人間が最初に加工した素材で、人間が利用することに運命づけられたものであるように思われる。それらは、家畜がそうであるように、人間の生活には必須の付帯物である。だから、粘土作品と私どもとの間には、特に親密な関係が生まれている。一方、石や金属は、長い準備期間を必要とする。それらは、私どもからの最初の働きかけには抵抗を示す。そして、それらは個人に属するというよりも、より一層社会に属するものである。反対に、土と木は私どもが食物を摂り、そして、雨露を凌《しの》ごうとする個々の人間の最も重要な道具である。

恐らくこのような様々な思いが、私が今見ている収集品に対して、これほどまでの興味を私に感じさせるのであろう。原始人によって粗雑に作られた皿類は、彼らの生活習慣の一部についての知識を私に与える。インド人が作った上品ではあるが無骨な形をした花瓶は、かつて、明るい陽光を浴びていた名残りの微光が今なおそこに微かに輝いており、このことは私どもの知性の衰退を教える。また、唐草模様を一面に描きこんだ壺類は、アラビア人の空想力を垣間見せており、スペイン人によるその模造品は彼らの無教養と無智とを示している。この陳列館の中で、私どもはすべての種族、すべての地域、すべての時代の足跡を見ることができるのである。

私の二人の仲間たちは、こうした歴史的な連想には殆ど興味がない様子である。彼女たちは検討も批評もしない、あの軽信的な賞賛でもってすべてのものを眺める。マドレーヌが、それぞれの作品の前に置かれている説明文を読むと、姉は、驚きの声を上げてそれに応えていた。

こんな風にして逸品類を楽しんでいるとき、私どもは、欠けた陶器が投げ捨ててある小さな中庭に出た。フランソワーズは、殆ど無疵で、色彩も鮮やかな一枚のうけ皿を見つけた。これを、彼女はその日の見物の記念品にするために拾った。今後、彼女は、「王様のためにだけ製造する」セーヴルの陶器の標本を一枚持つことになるのだ！　しかし、実は、その製造所の製品は、世界中で売られていることと、そのうけ皿は縁がかける前には、六ペンスショップで買えるものと全く同一であったことを、もし私が打ち明ければ、彼女の気持ちを欺くことになるであろう！　どうしてこの素朴な人間の幻想を壊す必要があるだろう？　私どもの道に芳香を放つ垣根沿いの花を、どうして摘み採って捨てる必要があるだろう？　物体は、それ自体何の価値もないということがしばしばある。しかし、私どもがその物だけに愛着する一途な思いが、その物体に価値を与えるのだ。無益な現実に引き戻すために、無害な誤謬《ごびゅう》を糾《ただ》すことは、植物の中に、それが構成されている化学的な要素だけしか見ることができない学者を真似ることになる。

陶器製造所を出ると、心の自由さのためか、私を捕えて離そうとしない二人の姉妹は、持参していた弁当を一緒に食べるようにと誘った。最初は断わったが、大変な善意を込めて勧めるので、彼女たちを苦しめても悪いと思い、幾分当惑しながらも、申し出に応じた。

先ず、食事を摂るのに都合のよい場所を探さなければならなかった。私は彼女たちを丘に登らせた。そして、ヒナギクが一面に拡がり、二本の胡桃《くるみ》の樹が日陰を作っている草地を見つけた。マドレーヌは嬉しくてじっとしておれなかった。今日までずっと、彼女は草地に座って食事を摂ることを夢見ていたからだ！　姉が、籠から弁当を出すのを手伝いながら、計画したが延期された田舎への遊山のことごとくを、私に話して聞かせた。一方、姉のフランソワーズは、モンモランシー[*11]で育てられていた。孤児になる前、何度もその町の乳母の家を訪れていた。だから、妹には新奇さの魅力を与えるものが、姉には思い出の魅力を持つものであった。彼女は両親が連れて行ってくれた葡萄狩りのこと、左に手綱を引かなければ真っ直ぐに進まないリュレ小母さんの驢馬の背による散策のこと、サクランボ摘みのこと、居酒屋の主人のボートで湖上の舟遊びをした思い出などを話した。

これらの思い出話は、子ども時代の魅力と瑞々《みずみず》しさのすべてを含んでいた。フランソワーズは見たものより、感じたことの方をより多く覚えていた。彼女の話を聞いているうちに、食事の準備ができたので、私どもは木陰に腰を下ろした。眼の前には、セーブルの谷間がうねっており、多層階の家々が庭園に囲まれて、丘の斜面に段をなして並んでいる。その向こう側には、サン・クルーの大庭園が拡がっており、鬱蒼《うっそう》と繁った樹木の間は、所々が草地によって断ち切られている。そして、頭上の空は、雲が〝航行する〟広大な大洋のように拡がっている！ 私はこの美しい風景を眺め、善良な姉妹の言葉に耳を傾ける。自然を堪能し、姉妹の話に興じる。このようにして、時間は、私の気づかない内に静かに流れていった。

遂に、太陽が傾き、帰ることを考えなければならなくなった。マドレーヌとフランソワーズが食事の後片付けをしている間に、私は、汽車の時刻を調べに陶器製造所の方へ下りて行った。お祭り騒ぎは最高潮に達していた。アカシアの木陰で、オーケストラはトロンボーンを高らかに吹き鳴らしていた。私は我を忘れて、暫らくそれに見とれていたが、二人の姉妹を、ベルヴューの駅まで連れて帰る約束をしていたことを思い出した。汽車は待ってくれないのだ。私は二本の胡桃《くるみ》の樹に通じる小径を、大急ぎで上がって行った。

もう少しで彼女たちのいる場所へ辿り着こうというとき、私は生垣の向こうに、人声を聞いた。マドレーヌとフランソワーズとが、服は焼け焦げ、手は真っ黒で、顔を血まみれの包帯で包んだ一人の可哀そうな身なりの女の子と話をしていたのだ。私は、その子が、そこから上手の荒地にある火薬工場に雇われている女の子たちの一人であることを知った。数日前に、その工場では爆発が起こっていた。その子の母親と姉とは亡くなり、彼女だけが奇跡的に助かったが、今では、支援の手段も絶たれていた。女の子はその一部始終を、苦しみには慣れっこになっている人の、あの諦めと絶望とを滲《にじ》ませながら話した。二人の姉妹は、その話に深く同情した。私は、彼女たちがひそひそ声で何か相談しているのを見た。すると、フランソワーズが小さな粗末な布の財布から、中に残っているお金三十スー*12を取り出して、その憐れな女の子に手渡した。私は生垣を廻って、彼女たちがいる所まで行こうと急いだが、そこまで行き着く寸前で、二人の姉妹と行き会った。彼女たちは、私に、汽車に乗らないで、歩いて帰る、と大声で言った！

その時、私は、旅行のために準備されていたお金全部が、その女の子に与えられたことを知った。

善は、悪と同様感染するものである。私も、その怪我をしている憐れな女の子の側《そば》へ駆け寄って、汽車賃の支払いにする積りであったお金を渡し、フランソワーズとマドレーヌの方へ戻って来て、一緒に歩いて帰る、と言った。

＊

私は、彼女たちを家まで送って行き、一日の行楽を大喜びする彼女たちを残して、今やっと、家へ帰り着いたところだ。恐らく、この日の思い出は、永く彼女たちを幸せにすることだろう。

今朝からずっと、私は、その生活が世間に埋もれていて喜びのない、あの二人の姉妹のことを憐れんでいたが、今は、神がすべての試練に、償いを与えてくださることを知った。ほんのささやかな喜びでも、稀かも知れないが、慰めを、そうでなければ、未だ経験しない未知の慰めを与えてくださるのである。楽しみは、私どもが楽しいと感じるところから生まれるのだ。贅《ぜい》を尽くす人間は、最早、何ものにも楽しみを感じない。飽満は、人間の心から欲望を奪ってしまう。これに反して、窮乏は、「幸福は容易である」というこの地上の祝福の第一のものを持ち続けさせてくれる。

ああ！　私は、次のことを、すべての人に説き、勧めたい。——富める者は自らの富を乱費しないように、また、貧しい者は忍耐するように！

もし幸福が神の祝福の中で最も稀なものであるとするならば、それは、幸福の受容が美徳の中では最も稀なものであるからである。

マドレーヌとフランソワーズよ！　君たち、可哀そうな姉妹たちよ！　勇気と諦観と寛大な心とが、君たちの唯一の財産なのだ。絶望に陥る悲惨な人たちのために、人を憎み羨《うらや》む不幸な人たちのために、そして、一かけらの同情心もなく享楽のみに耽る無感覚な人たちのために、祈ってやってくれ！

〔訳者注〕

＊1　サン・クルー：パリ中心部から約八キロメートル西に位置するセーヌ川左岸の町。
＊2　バビロン：バビロニアの首都。享楽と悪徳の大都会を象徴していた。
＊3　ホメロスの主人公：古代ギリシャの吟遊詩人ホメロスの作とされる『オデュッセイア』の主人公オデュッセウス（ユリシーズ）のこと。トロイ陥落後、十年間、海上をさまよい、様々な冒険を重ねて帰国した。
＊4　セーヴル：パリの南西約一キロメートルに位置する町。
＊5　スパルタ人：古代ギリシャの都市国家スパルタ（紀元前九〜八世紀頃、ギリシャのペロポネソス半島に建設）の市民。
＊6　クラマール：パリの南西約六キロメートルに位置する町。
＊7　子ども輪舞の王様：ここで王様というのは、輪舞の中心になっている人のこと。
＊8　家庭の銃士：アレクサンドル・デュマ（大デュマ）（一八〇二〜七〇）の小説『三銃士』にかけていったもので、「果敢な人」の意。
＊9　ムードン宮殿：一八七一年に包囲攻撃され焼失した。
＊10　ペレット：ジャン・ド・ラ・フォンテーヌの有名な寓話に登場する乳搾りの女。夢想家の代名詞。
＊11　モンモランシー：パリ北郊の町。
＊11　スー：一スーは、フランスの旧五サンチームないし十サンチームの銅貨に相当。

第六章

モーリス伯父

六月七日、午前四時。——朝、目を覚ましたとき、小鳥たちが、窓の外でいかにも楽しそうに囀っているのを耳にしても、私は格別に驚きはしない。朝が、屋根裏部屋ではどんなに楽しいものであるかは、小鳥たちや私のように、最上階に暮らすものでなければ分からないだろう。太陽が曙の光を送って来るのも、そよ風が庭や森の香を運んで来るのもそこからなのだ。また、迷った蝶が、時折、屋根裏部屋の花のところへ飛んで来たりするのも、勤勉な女性労働者の歌声が夜明けに向かって挨拶するのもそこなのだ。下の各階がまだ睡眠と沈黙と陰影との中に沈んでいるとき、ここではもう、労働と光と歌とが支配している。

この私の周りは、いかに生気に満ちていることか！　雛たちのためにと、嘴《くちばし》一杯に昆虫をくわえて餌探しから帰って来る燕、日光をその体に漲《みなぎ》らせて追いかけっこをしながら羽を震わせて露を払う雀、そして、窓を勢いよく開け、爽やかな顔で曙に向かって挨拶をする隣人たちなどを見給え！　すべてのものが、感覚と活動とを取り戻す喜びに満ちた目覚めの時！　曙の光が万物を照らして、あたかも森の中の眠り姫[*1]に魔法の杖が触れたかのように、再び蘇生させられるあの素晴らしい目覚めの時！　それは、あらゆる悲惨さから逃れての休息の時なのだ。そして、病人の苦しみが和らげられ、希望の息吹が絶望に沈む人たちの心に忍び込んで来る。しかし、ああ！　それは、余りにも短い安らぎの時であることか！　やがて、すべてのものが、いつもの流れに戻っていく。長い緊張と深い喘《あえ》ぎと衝突と破壊とを伴なって、人間社会という大きな機械が、再びその活動を始めるのである。

早朝のこの静けさは、私が若い日々に味わったそれを私に思い起こさせる。その頃も、陽は明るく輝き、空気は芳香を放ち、人生の曙にも譬《たと》えられるあの小鳥たち、つまり、私どもの青春の空想のすべてである小鳥たちが、周りで高らかに囀《さえず》っていた！　どうしてそれらは年月が重なると飛び去り逃げて行くのだろう？　そして、徐々に私どもに忍び寄って来る苦悩と憂愁は、どこから来るのだろう？　この過程は、個人にも社会にも同じように当て嵌《は》まるものであるように思われる。人々は、容易に幸福になり、そして、安易に歓喜を迎えるというところから出発して、最後には、現実の苦《にが》い失望に直面する！　サンザシと桜草に始まった道が、瞬《またた》く間に、荒野と断崖とに行き着く！　初めは、自信満々であったものが、どうして後になると、これほどの疑念が起って来るのだろう？　人生についての知識は、人間を幸せにすることには馴染《なじ》まないのだろうか？　私どもが希望を失いたくなければ、無知でなければならないのだろうか？　要するに、世間にしても個人にしても、永遠の子ども時代の中にだけしか安らぎは見出せないように、元々から仕組まれているのだろうか？

私はこうした問いを、何度自らに問いかけて来たことか！　孤独は、同じ思いをより深くへと掘り進ませ続けるという利点を持つが、また、そうすることの危険性をもはらむものである。対話の相手が自分一人に限られるので、いつでも、話に同じ方向を与えることになる。他人の心を占めている話題とか、他人の感情を支配している話題などに話を切り換える気にはならない。そこで、無意識のうちに固定した斜面が作られて、いつも、同じ戸口を叩きに向かわせるのである！

私の屋根裏部屋を片付けようと、ここで、思索を中断した。私は乱雑に見えるのが嫌いなのだ。なぜなら、それは、そこに住む人の細部なものへの蔑視、或いは、家庭生活への不適応さを示すからである。私どもが囲まれて生活するものを整頓することは、それらと私どもとの間の所有と利用の関係を確かなものにすることである。それは、習慣の基礎を築くことでもある。もしこの秩序の習慣がなければ、人は原始的な状態に逆戻りすることになる。もし社会的習慣が、自然的傾向に従って是だとされる一連なものによって否定されるとすれば、その習慣とは、一体、何であろうか？

乱雑など少しも苦にならない人――アウゲイアス王の牛舎*2の中でも平気で生活できるという人――の知性も徳性も、私は信用しない。私どもを取り巻くものは、私どもの心の中を幾分か反映するからである。心は、周りを仄かに照らすあの薄暗い手さげ提灯に譬《たと》えることができる。もし好みがその人の本性を露呈していないとすれば、その好みは最早好みではなく、本能ということになるであろう。

屋根裏部屋を片付けていたとき、視線が暖炉の上に懸けてある小さな暦に止まった。今日の日付を探していると、大きな文字で「聖体の祝日*3」と書かれた言葉が眼に入った。

今日は聖体の祝日であったのだ！　宗教的な荘厳な儀式が公に行われなくなって久しいパリのような大都会では、その祝日を思い起こさせるものは最早何も存在しない。しかし、この日は、遠い時代の教会が実に上手く定めた日であることに間違いない。「創造主を敬って設けられたこの祝日は」と、シャトーブリアン*4は言う。「天と地とが主の力を発揮する季節に、つまり、森と野原が新しい生気に満ち溢れ、万物が一番幸せな絆で結ばれる季節に巡って来る。野原には、独り身の侘しさを託《かこ》つ植物など一本たりともないのだ」

この言葉が、どれほど多くの思い出を私の心に呼び起こすことだろう！　そこで、私は部屋の片付けを中断して、窓の敷居に肘をつき、頭を両手で支えて、幼い子ども時代を過ごした小さな町の祝日を思い起こした。

聖体の祝日は、その当時の私の生活の中では大きな出来事の一つであった。それに関わり合うのに相応しい人になるには、随分前から、勤勉で従順であり続けなければならなかった。私は、その日の朝、期待にどれほど胸を躍らせて起きたかを、今でも鮮やかに思い浮かべることができる。空には聖なる悦びが漂っていた。近所の人たちも、いつもより早く起きて、街路に沿って、花や人物を描いた壁掛けを張り廻《めぐ》らせた。私は、中世の敬虔《けいけん》な宗教場面、ルネッサンスの神話的構図、ルイ十四世風に扱われた古代の戦闘、ポンパドール夫人[*5]の桃源郷などの一つ一つを、順番に嘆賞しながら歩いて行ったものだ。これら過去の幻影の世界のすべてが、過去の塵の中から立ち現われて来て、聖なる儀式に――じっと無言のままで――列《つら》なろうとしているように思われた。また、軍刀を振り上げたままでいる恐ろしい形相《ぎょうそう》の兵士たち、弦《つる》を離れない矢を射ようとしている美しい女猟師たち、永遠に微笑する女牧人の足許で笛を吹き続ける繻子《しゅす》の半ズボンを履いた牧人たちを、私は恐怖と驚嘆とが交錯した心持ちで眺めたものだ。時折、このように張りめぐらされた画布の後を風が吹き抜けると、人物たちが生きて動いているように見えたので、彼らが壁掛けから抜け出して来て、祭りの行列に加わるのを眺めようと目を凝《こ》らしたものだ。しかし、そうした印象は、淡く束の間の出来事であった。これら以外のすべてのものを支配していた感動は、溢れ出はするが、しかし、静かなものであった。風に揺らめく襞《ひだ》のある優美な掛け布、撒き花、乙女たちの甲高い声、お香《こう》のようにすべてのものから立ち昇る歓喜、それらのただ中にいると、人々は我を忘れて夢の世界に導かれていった。祭りの楽しいざわめきが、無数の快い反響音となって心の中に響き渡った。その時は、人々は、いつもよりも寛大になり、いつもよりも清浄になり、いつもよりも慈悲深くなった！　神は、私どもの体の外に顕現されただけでなく、私どもの心の中にも顕現されたのである。

それからまた、祭りのために設《しつら》えられた祭壇！　花のトンネルをも兼ねていた緑の葉をつけた大枝で作られた凱旋門！　行列が立ち寄って休むことになる仮の祭壇！　特に、この祭壇を設けることを巡っては、教区間で激しい競争が行なわれた！　果たして、どの教区が、これまでにないほどの、しかも、今ある祭壇の中では、最も華美な祭壇を組むことができるかが問題であった。

私が初めての捧げ物をしたのは、そうして作られた祭壇に対してであった。花の輪が整然と並べられ、蠟燭が点《とも》され、礼拝所は薔薇の花で埋められてはいたが、全体を最高に演出する一つのものが、そこには欠けていた！　近所の庭という庭の花は皆摘み取られていた。こうした場所に相応《ふさわ》しい花を差し出さないでいたのは、私だけであった。実は、その花は、私の誕生日に母が贈ってくれた薔薇で、もう数か月前から咲くのを待ち望んでいて、やっと咲いたものであった。しかも、その花以外には、枝には一つも蕾はついていなかった。花は苔色《こけいろ》のねぐらの中で、長い期待と無邪気な誇りの対象として花開いていた。私は暫らく躊躇した。無論、誰かがその花の提供を私に要求している訳ではない。だから、それを失うことは容易に避けることができたであろう。私の心の中の声以外には、非難の声は聞こえなかった。皆が持っているものを投げ出しているというのに、私だけが宝物を保持することが、果たして許されるだろうか？　他の人と同じように、私が神から授かった贈り物の一つを、神に返すことを惜しんでもよいだろうか？　最後にこう考えて、私はその花を切り取り、仮祭壇の最上段に飾り付けに行った。

ああ！　私にとっては、とても厳しく、しかも、とても甘美であったあの犠牲が、今、どうして私の微笑を誘う思い出を私に残したのであろうか？　贈り物の価値は、その心持ちにあるというよりは、むしろその行為自体の中にあることは確かではないのか？　福音書に出て来る、冷たい一杯の水が、貧しい人に忘れられないものであるとすれば、どうして一輪の花が、子どもにとって忘れられないことがあろうか？　幼い子どもの施し物をするという純粋な行為を軽蔑すべきではない。それこそ自己否定と同情とに、私どもの心を慣らす行為でもあるからだ。私はあの馴染みの薔薇を、長い間、聖なる護符として守っていたのだ。私はそれを初めて自己に打ち克った勝利の証《あかし》として、ずっと大事に守るべきであったかも知れない。

私が聖体の祝日を目《ま》の当たりにしてから、今ではもう随分長い年月が経った。果たして、私はそこに、往時のあの懐かしい思い出を再び感ずることができるだろうか？　行列が通った後の、花が撒かれ、緑の枝で飾られた通りを、どんな気持で歩き回ったかを、今でも、はっきりと覚えている。私は、サツマウツギ、ジャスミン、薔薇などの香が混じった薫香《くんこう》に酔い、歩きながら地面に足が触れていないという思いであった。私はすべてのものに微笑みかけた。この地上全体がそのまま楽園に見え、そして、神が中空を漂っているかのように思えた！

しかも、この情感は一時の興奮によるものではなかった。時として、この感情が強くなることはあるが、私の日常生活の中から消え失せることはなかった。このようにして、長い歳月が、寛大な心と信頼との中で流れた。これらは、苦痛が襲うのを防ぐことはできなかったが、少なくとも、苦痛が留まるのを防ぐ力はあった。だから、私は孤独ではないことを信じて、直ぐに、勇気を取り戻すことができた。それは、傍らで母の声を聞いて、元気を回復する子どものようにであった。どうして今、私はあの子ども時代の自信を失くしたのだろうか？　神が統《す》べていられるということを、私はどうして当時ほど深く信じられないのだろうか？

想念の何という不可思議な関わり方よ！　暦の上の一つの日付が、私に幼い頃を思い起こさせる。だから、見よ！　私の周りには、昔の思い出のすべてが花を開いたのだった！　でも、幼い頃は、どうしてあれほど幸せだったのだろう！　どう考えても、私の境遇に、特に目立った変化はないのだ。私は、その当時と同じように、健康と日々の糧とを保持している。

ただ一つ違うのは、今は、責任というものが課せられていることだ！　子どもの頃は、与えられるままに生活を受け容れていた。周りの人が世話をしてくれ、与えてくれていた。だから、私は眼前の務めさえ果たしていれば、安心して、将来を父の配慮に任せておいてよかった！　私の運命は、操舵《そうだ》には関与せず、ただ一般の乗船客を乗せた船であればよかった。そこに、私の喜ばしい安心の秘密のすべてがあった。その後、この世の様々な知恵が、私から安心を奪っていった。私の運命が、私自身の操縦に任されたとき、将来を深く慮《おもんぱか》り、自分の運命の主人公になろうと思った。遠い先のことを思い詰めて、私は現在を不安で一杯にした。神の摂理の代わりに、私は、私の判断を置いた。こうして、幸せな子どもは、憂いの多い大人となったのだ！

惨めな人生行路ではあるが、その中には、恐らく大いなる教訓も含まれているだろう！　世界を司る神に私がより大いなる信頼を置いていたとしても、このすべての苦悩から逃れられなかったことを、誰が知っていよう！　恐らく幸福は、この地上では、子どものように日々の務めに専念し、その他のすべては天に在《いま》す父の慈悲に任せて生活する、という条件でのみ実現できるのではないだろうか？

こうした思いが、私にモーリス伯父のことを思い起こさせた！　善なるものすべてにおいて強くなる必要性を感ずる度に、私はいつもこの伯父を回想するのである。半ば微笑み、半ば物悲しげな、穏やかな表情をした姿が眼に浮かぶ。夏のそよ風のように、いつも、柔らかで和やかな彼の声が耳に聞こえる！　彼の思い出は私の一生を護《まも》り、光をも与えてくれる。彼もまた、この地上における聖者であり、殉教者であった。他の聖者や殉教者たちは、天の道を示したが、彼は、地の道を正しく見ることを教えてくれた。

しかし、人知れずに行われる犠牲や隠れた徳を記録する役目をもつ天使を除いて、誰が、私の伯父モーリスについて語られる思い出話を聞いたことがあるだろう？　恐らく、私だけが、彼の名前を記憶し、彼の一生を今でも思い起こすのだ！

そのことを、他の人たちのためにではなく、私自身のために書こう！　アポロ像[*6]を眺めると、自ずと身が引き締まり、端麗な容姿になると言う。それと同じように、善人の生涯を偲ぶことによって、私どもは自然に心が高められ、清められるのを感ずる！

朝の光が、私が書いているこの小さな机を照らしている。爽やかな風がモクセイソウの香を運んで来る。そして、燕たちは楽しそうに囀《さえず》りながら窓辺を飛びかっている。私の伯父モーリスの面影は、歌と陽光と香とに囲まれて、正《まさ》にその所を得るであろう。

七時。――運命は、日々を支配するだけでなく、人の一生をも支配する。数多くの色彩に彩られて夜明けを迎える運命もあるが、また、陰鬱な雲を伴なって夜明けを迎える運命もある。

私の伯父モーリスの運命は、後者に属するものであった。彼は生まれたとき、非常に病弱だったので、育たないだろうと考えられていた。しかし、この予想、むしろ希望と言った方がより適切であったかも知れないが、それに反して、彼は苦しみながら、奇形な身体で生き永らえた。彼は、子どもの頃の魅力のすべてだけでなく、あらゆる喜びも奪われていた。弱者であるがために抑圧され、奇形であるがために嘲笑された。この佝僂《くる》病《びょう》*7の少年は、世間に向かって空しく腕を拡げたが、世間は、彼をあざ笑いながら通り過ぎた。

しかしながら、母だけはずっと彼の味方であった。彼が他の人たちに受け容れられない感情のすべてを向けたのは、母に対してであった。この母という避難所があるお陰で、幸いにも、彼は人生で自立しなければならない年齢に達することができた。だが、モーリスは、他の人々が軽蔑して顧みない地位に満足しなければならなかった。彼の受けた教育は、人生のどんな進路にも充分に適応するものであったが、生まれ故郷の町の関門を守る小さな料金徴収員詰所の職員となった。

彼はこの数平方フィートの小屋に、終始、閉じ込められて、ただお金の計算に明け暮れ、読書と母の訪問以外は慰めを持たなかった。夏の晴れた日には、しばしば、彼女は、詰所の入口近くに、息子モーリスが植えたクレマチスの陰に来て仕事をした。たとえ母が何も喋らなくても、そこに来ているというだけで、彼には慰めとなった。彼は、母の長い編針の触れ合う音を聞きながら、彼女が勇気を奮って耐えて来た数々の試練を偲ばせる穏やかだが、憂いに満ちた横顔を眺めたものだった。彼は、時々、母の屈《かが》んだ肩に優しく手をかけ、互いに微笑を交わしたりもした！

しかし、こうした慰めも、やがて、彼から奪われねばならない日が来た。老母は病気になり、数日後には、希望のすべてを放棄しなければならなくなった。モーリスは、今後、この世に一人残される別離を考えて気が滅入《めい》り、限りない悲嘆に身を委《ゆだ》ねたのだった。臨終の母の枕辺に跪《ひざまず》いて、最も優しい数々の名前で彼女を呼び、彼女をこの世に留めて置くことができるようにと、しっかりと両腕に抱きかかえた。母も彼に愛撫を返し、彼に応《こた》えようと努めたが、彼女の手は冷たくなり、声は既に消えていた。ただ僅かに彼女は息子の額に唇を近づけ、ため息を洩らし、そして、永遠にその目を閉じたのであった！

人々はモーリスを彼女から引き離そうとしたが、彼は抵抗して、今は動かなくなった骸《むくろ》に取り縋《すが》って離れようとはしなかった。

「死んでしまった！」と、彼は叫んだ。「死んでしまった！　一度も私を離れたことがなかった人が！　この世で、ただ一人、私を愛してくれた人が！　お母さん、あなたは、死んでしまった！　では、この世で、何が私に残っているだろう？」

微かな声が答えた。

「神が！」
モーリスは驚いて、身を起こした！　彼に答えたのは、死者の最後の溜息だったのか、それとも、彼自身の良心の声であったのか！　彼はそれを確かめようとはしなかったが、その答えを理解して、彼はその言葉を受け容れた！

私が初めて伯父を知ったのは、その頃であった。私はしばしば、その小さな料金徴収員詰所を訪ねて行った。彼は私の子どもっぽい遊びに加わり、面白い話を聞かせてくれ、花を摘ませてくれた。人間としての外的な魅力のすべてを奪われていた彼は、自分のところへやって来る人たち皆に、精一杯の親切を示した。彼は決して、自分を前面へ押し出すことをしなかったけれども、常に誰でもを快く受け容れた。捨てられ、軽蔑されながらも、彼は優しく辛抱づよくすべてのものを受容した。彼の迫害者たちの侮辱を受けながらも、生身の十字架の上から、彼はキリストと同じように繰り返した――「父よ、彼らは自分がしていることを知らないのですから、赦《ゆる》してやってください」

彼ほどの誠実と熱意と知性とを示した料金徴収員は他にはいなかったが、彼が奇形であるがため、その仕事が正当に評価されるように、当然、彼の理解者になるべきであった人たちからさえも疎外された。後援者がいなかったので、彼の権利はいつも無視されるのであった。人々は、自分たちに都合のよい者の方を優先し、彼にはぎりぎりの生活を支えていけるつましい職を与えておけば、恩恵を施したことになる、と考えているように思えた。モーリス伯父は、侮辱に耐えて来たように、不正義にも耐えた。人々から不当な扱いを受けたとき、彼は眉をあげて、欺かれることのない神の正義に信頼を寄せた。

彼は町外れの古い長屋に住んでいた。そこには、彼と同じように貧しいが、彼ほどには見捨てられていない、沢山の労働者が暮らしていた。こうした人たちの中に、風雨が吹き込んで来る狭い部屋に、たった一人で暮らす女性がいた。顔色が悪く、無口で、惨めさと諦観《ていかん》とだけが人目を惹く若い女であった。彼女が、他の女性に言葉をかけるのを見たことはなかったし、歌声が、彼女の部屋を陽気にすることもなかった。

彼女は、息抜きをすることもなく淡々として働いた。しかし、重苦しい陰影が、死装束で包むように彼女を包んでいた。こうした彼女の憂鬱が、モーリスの心を動かせた。彼は思い切って彼女に話しかけた。彼女は優しく、しかし、言葉少なに答えるだけであった。彼女はモーリスの好意よりも、沈黙と孤独を好む人柄であることが直ぐに分かった。彼はそのことを認めて、再び声をかけることは止めた。

しかし、トワネットは針一本では、自らを養うことは殆んど困難であった。やがて、仕事が彼女を見捨てる時が来た！　モーリスは、その哀れな娘がすべてに事欠き、小売商人も彼女に掛売りをすることを拒んでいることを知った。彼は直ぐに商人たちのところへ行って、彼らがトワネットに売る品物の代価は、自分が内緒で支払うことを約束した。

事態は、こうして数か月過ぎて行った。若い裁縫女には、仕事がない日がなおも続いた。遂に、彼女は、自分が商人たちに負っている負債の額に吃驚《びっくり》した。彼女が彼らに事情を説明に行ったとき、すべてが露見した。彼女がとった最初の行動は、モーリス伯父のところへ大急ぎで来て、跪《ひざまず》いて彼に感謝することであった。彼女の平素の冷淡さが、最も深い感動の激発に席を譲った。感謝が、あの凍った心の氷のすべてを溶かしたかのように思えた。

最早、何も秘密にしておく必要がなくなった今、モーリスは、自らの善行に、より大きな効果を生み出させることができるようになった。トワネットは、彼の妹の立場となったので、不自由をさせる訳に行かない義務が生じた。彼の母の死後初めて、生活の糧を他の人と分かち合うこととなった。その若い女性は、彼の好意を、感謝しながら、遠慮がちに受けた。しかし、モーリスのあらゆる努力も、彼女の深い悲しみの根底を払拭《ふっしょく》することはできなかった。彼女は、彼の親切に感動して、時折、心からの感謝の気持ちを表明することもあったが、意思表示もそこまでであった。彼女の心は、閉じられた本のようであったので、モーリスは覗き込めても、読み取ることはできなかった。事実、彼はそうすることには殆ど執着しなかった。彼は、最早、自分が孤独ではないという幸福感に浸《ひた》り、彼女の長い試練が彼女を作り上げた姿のままで、彼女を受け容れていた。彼はあるがままの彼女を愛し、そして、彼女との交友を楽しむ以外には何の希望も持たなかった。

　こうした考えが、他のすべてのものを排除して、徐々に、彼の頭を占めるようになった。可哀そうにも、その娘には、彼と同様家族がいなかった。彼女もこの男の奇形に慣れて来ていた。そして、彼を愛情深い同情心で眺めるようになった、と思えた！　この上、彼は何を彼女に願うことができるだろうか？　その時点までは、自分自身を配偶者として受け入れられたいという望みは、一場の夢として、モーリスには退《しりぞ》けられていたが、偶然がそのことを現実にすることを望んでいるように思えた。散々躊躇した挙句、彼は勇気を奮って彼女に話す決心をした。

　ある晩のことであった。モーリスは、感動に胸を高鳴らせて、彼女の部屋の方へ歩いて行った。入ろうとした瞬間、彼は聞きなれない声が、その娘の名前を呼んでいるのを聞いたように思った。彼はドアを素早く押し開けた。すると、トワネットが、水兵服を着た若い男の肩に凭《もた》れて泣いているのが見えた。

　私の伯父の姿を見ると、彼女は直ぐにその男から身を引いて、駆け寄って来て、叫んだ。

「ああ！　来て――入って来て！　これが私が死んだとばかり思っていた人なの。ジュリアンと言って、私の許婚《いいなずけ》なの！」

　モーリスは、よろめきながら後ずさりした。その一言で、彼はすべてを了解した！

　彼には大地が揺れ、心臓が破裂するように思えたが、母の臨終の床で聞いたあの同じ声が、再び、彼の耳の中で響いた。彼は直ぐに正気に戻った。神はいつも彼と共にあった！

彼は、新夫婦が新世界へと出で発ったとき、彼らを途中まで見送って、モーリス伯父には拒《こば》まれたその幸福のすべてを、彼らのために祈った後で、町外れの古い住み家へとぼとぼと帰って来た。

そこで、彼は、人間からは見放され、しかし、彼がいつも口にしていたように、「天に在《いま》します父」からは捨てられないで、その一生を終えた。彼は至るところに神の存在を感じた。そして、その存在は、他のすべてのものの代わりをした。彼は、微笑みながら、まるで祖国に向かって帰って行く追放者のように死んでいった。貧困と病弱の彼を慰めていた神は、彼が不正義に苦しみ、すべての人から見捨てられたとき、死という利得と祝福とを彼に与えたのであった。


八時。——私がこれまで書いて来たことのすべてが、私を悩ませる！　今まで、私は生き方の教訓を実生活の中に求めて来た。しかし、人間の行動原理だけでは必ずしも十分ではないのではないのか？　善意、思慮深さ、節度、謙遜、献身を超えたところに、一人で大いなる不幸に立ち向かわせる何か偉大な真実があるのではないのか？　そして、他の人に対して徳を求めるのであれば、自己に対しては宗教的感情を求める必要があるのではないのか？

聖書でも言っているように、「青春の美酒が酔わせる」時は、人は自己のみで事足りると考える。強く、幸福で、愛されている時は、人はアイアース*8のように、「神々に拘わらず」、どんな嵐からも逃げることができる、と信じている。しかし、晩年になって、背中が曲がり、幸福が凋《しぼ》み、愛情が冷める時を迎えると、空虚と暗黒とに怯《おび》えて、人は、まるで暗闇を恐れる子どものように、腕を伸ばして、「遍《あまね》く在《いま》す神」の加護を求める。

私は、今朝、なぜ一切が、社会に対しても個人に対しても、混沌とするのかを問うた。人間の理性は、時折だが、道端に何か新しい松明《たいまつ》を灯《とも》すことはある。しかし、夜は、益々暗くなり続けるばかりだ！　それは、人間の魂の太陽である神から、益々遠ざかるに任せられるからではないのか？

しかし、一人の隠遁者のこうした夢想など、世間にとって、何の価値があるだろう？　大多数の人の場合、内なる騒がしさは、外なる騒がしさによって抑《おさ》えられている。それは、生活が、自問する余暇を与えないからだ。次の舞踏会とか最近の株価のことで頭が一杯の人に、自分は何者であるのか、また、何になるべきであるのかを知る余裕が、果たしてあるだろうか？　天は余りにも高い。だから、思慮深い人間は地だけしか見ないのだ。

だが、権勢も富も求めず、自分の殻の中に心の住まいを見つけている、この文明世界の憐れな未開人である私は、安閑と、こうした子ども時代の思い出に耽ることができる。そして、この私どもの大都会パリが、最早、祝祭で神の名を讃《たた》えないというのであれば、私は、私の心の中で、神への祝宴を続けるように努めよう。

〔訳者注〕

＊1 森の中の眠り姫：魔法によって百年間眠らされた童話の中の美しい王女。
＊2 アウゲイアスの牛舎：ギリシャ神話のヘラクレスの十二の功業の一つ。エーリス王アウゲイアスの牛舎には三千頭の牛が飼われていたが、三十年間一度も掃除されなかった。ミュケナイ王エウリュステウスからこれを一日で掃除するという課題を受けたヘラクレスは、川の流れを引き込んで、これを一日で掃除したという。
＊3 聖体の祝日：パンと葡萄酒をキリストの肉と血に変えるという聖体の秘跡を祝う日。聖霊降誕の祝日後二週目の日曜日。国によっては木曜日。
＊4 シャトーブリアン：一七六八～一八四八。フランスの作家。六八頁の訳者注10を参照。
＊5 ポンパドール夫人：ポンパドール侯爵夫人（一七二一～六四）。ルイ十五世の愛人。
＊6 アポロ：ギリシャ・ローマ神話のアポロンのラテン語形。詩・音楽・予言などを司る美青年の神。また太陽神ともされる。
＊7 佝僂病：ビタミンDの欠乏が原因で起こる脊椎、四肢などの曲がる病気。多く幼児に発生する。
＊8 アイアース：トロイ戦争の時のギリシャの英雄の名前。戦場からの帰途、難破し、岩上に避難して、天に向かって、「神々に拘わらず私は危難を免れるだろう」と叫んだ。

第七章

権力の代価と名声の価値

七月一日、日曜日。——古代ローマ人たちによって、ユノ[*1]（ラテン語のユニウス、フランス語のジュアン）に捧げられた月は、昨日で終わった。今日から七月が始まる。

古代ローマでは、七月はクインティリス（第五の月）と呼ばれたが、それは、当時、一年が十の月に分けられていて、三月から新しい年が始まっていたからであった。後に、ヌマ・ポンピリウスが一年を十二の月に分けたとき、このクインティリスという名は、これに続く月の名——八月、九月、十月、十一月、十二月——と共に保持されることになった。だから、これらの月名は、それが占める新しい月順[*2]とは合致しなくなった。その後、ユリウス・カエサル[*3]が生まれたこのクインティリス（七月）という月は、ユリウスと別名で呼ばれることとなり、そこから、フランス語のジュイェ（七月）が出て来た。

こうして、暦に留められたユリウスの名は、一人の偉大な人間の不滅の記録となった。それは、人類が称揚して、時という街道に刻まれる永遠の墓碑銘のようなものである。

これと同じような碑銘が、他にもどれほど沢山あることだろう?――海洋、大陸、山岳、星、遺跡などのすべてが、それぞれ同じような用途に役立っている! かつて、ヴェネチア国が、自国の著名な人名や偉大な事蹟を記録した〝黄金の書〟を持ったが、それと同じように、現在、私どもはこの全世界を黄金の書としているのである。人類は、自らが選んだ人たちによって、自らを賞賛する欲求を満たそうとしているかのように思われる。また、人類は、自らの種族の中から神と崇《あが》める人を選ぶことによって、自らの眼に、自らを高く評価させようとしているかのように思われる。私ども個人が高名な祖先、或いは、恩人の思い出を大事にするように、人類もまた、栄光にまで〝成り上がった人たち〟の思い出を維持することを好むのである。

実際、個人に与えられた天賦《てんぷ》の才能は、その個人を益するばかりでなく、広く世界に対して贈られた贈り物でもある。すべての人がそれを共有するのである。というのは、すべての人は、その一人の人の行為によって苦しみもし、また、利益を受けもするからである。天才とは、遠くに光を送ることを使命とする灯台に譬《たと》えることができる。その灯台を載せている個人は、言わば、それが建てられている岩のようなものである。

私はこうした考えに執着するのが好きだ。それは、どうして私どもが栄光を称揚するのかを明確に示してくれるからである。栄光が人類に利益をもたらすとき、それへの称揚はまた感謝に変わる。栄光それ自体が、他に類を見ないものである場合は、それは人類の誇りである。私どもは、人類の中で最も輝かしい手本とすべき人を、好んで不滅化しようとする。

私どもが権力の手中に服するとき、これと同じような衝動に駆られないと誰が言えよう？階級制度に伴なう必然性、或いは、征服の結果などとは別に、大衆は、自らの首領《ドン》に特権を与えて極度に称揚することを好む。それは、彼らの虚栄心が、彼らの作品の一つを、実際よりも誇大に見せようとするからであり、また、自分たちを支配する者の偉大さを誇張することによって、隷属《れいぞく》の屈辱を隠蔽《いんぺい》しようとするからでもある。彼らは自分が仕える主人によって、自らに名誉を賦与しようとする。また、彼らは台石の上に載せるように、自分の肩の上に主人を載せる。そして、彼らは後光の反映の幾分かでもを受けようとして、自分の主人を栄光によって取り囲む。これらのことはすべて、あの、鎖《くさり》と首輪とが黄金で作られているというだけで、これに満足した犬の寓話*4を彷彿《ほうふつ》とさせる話である。

この隷属《れいぞく》の虚栄は、支配の虚栄に劣らず、自然でもあり、また、万人に共通でもある。自分に支配する力がないと感ずる者は、多くの場合、せめて強力な権力者に服従しようとする。公爵に仕えていた者が、後に伯爵の配下になったといって、名誉が失墜したかのように感じた農奴がいた、という話は有名である。また、サン＝シモン[5]も、ひたすら侯爵にだけ仕えることを願った従僕のことを書き留めている。

七月七日、午後八時。――私は今、大通りの散歩から帰って来たところだ。今日は、オペラの開演日で、ル・ペルティエ街[6]は馬車で混み合っていた。交差点で立ち止まった歩行者たちが、通り過ぎる馬車の中の人を瞥見《べっけん》して、名前を口にしていた。それは、高名な、或いは、権力のある人たち、つまり、この日のオペラに成功をもたらそうと観劇に行く人たちの名前であった。

私のすぐ近くに、頬がこけ、射抜くような鋭い眼をして馬車を見詰めている一人の男がいた。擦《す》り切れた黒い服を着ていた。彼は、これらの特権または名声の保持者たちの後姿を、羨望《せんぼう》の眼差しで見送っていた。その時、私は、その苦々《にがにが》しい微笑みで歪《ゆが》んだ口許に、彼の心を過《よ》ぎっているすべての思いを読み取ることができた。

「あの幸せそうな人たちを見るがよい！」と、彼は考えていた。「彼らは、あらゆる富の快楽と、あらゆる自尊心の恩恵とを恣《ほしいまま》にすることができる。彼らの名声は行き渡っており、願望のすべてが叶えられる。彼らは知性によっても、また、権力によっても、この世の王者なのだ。貧しくて無名な自分が、低いところで呻吟《しんぎん》しているとき、彼らは、繁栄という輝かしい陽光を存分に浴びながら、悠然と山嶺を越えて行く」

私は深い物思いに沈みながら帰って来た。人間の運命について言うのではなく、その幸せには、こうした不平等が本当に存在するのだろうか？　大多数の人間が、人生は頸木《くびき》*7のようだと受け止めているのに、天才や支配者たちは、本当に人生を王冠のようだと受け止めているのだろうか？　階級の差は、ただ単に、人間の資質と能力との異なる使われ方の顕現《けんげん》に過ぎないのだろうか、それとも、人間の運命に関わる真の不平等なのだろうか？　このことは、神の不公平ということを事実として認めるかどうかに関わる厳粛な問題なのだ！

七月八日、正午。――今朝、私は出身地が同じで、ある省の大臣の案内係長を務めている人を訪ねた。ブルターニュから出て来た者から託《ことづか》った、彼の家族からの手紙を届けに行ったのだ。彼は話して行かないかと、私を引き止めた。

「今日《きょう》は」と、彼は言った。「大臣は面会をお休みです。家族と一緒の休養の日に当てておられます。妹さん方が見えていますので、その方たちを、これから、サン・クルー公園*8へ連れて行かれます。そして、今晩は、非公式の舞踏会に友人たちを招待されています。私も、今日はもう直ぐお暇が出ます。一緒に昼食でも摂りましょう。それまで、新聞でも読んで、お待ちください」

私は新聞がどっさりと置かれているテーブルの側《そば》に座って、その全部に次々と目を通した。

その大部分は、この大臣の最近の政治行動に対する厳しい批判記事を載せていた。そして、その中の一部は、大臣自身の名誉に関わる疑惑までも付け加えていた。

私が丁度新聞を読み終わったとき、書記官の一人が新聞を取りに入って来て、大臣の部屋へ持って行った。

大臣は、これらの弾劾《だんがい》の記事を読み、そして、彼に対する大衆の憤慨とか嘲笑を挑発しようとする誹謗中傷《ひぼうちゅうしょう》の言葉などのすべてに、黙って耐えることになるのだ！　かつて、勝利を勝ち取ったローマの凱旋者*9も、その愚行、無智、悪徳などを、群集に向かって叫びながら彼の戦車について来た者たちの罵詈雑言《ばりぞうごん》を、じっと我慢して受け止めなければならなかった。

だが、あらゆる方向から射込まれてくる矢の中には、毒矢も混じってはいないだろうか。受けた傷が決して癒えないような痛手を、心に与える矢はないのだろうか？　嫉妬から来る嫌悪《けんお》とか、狂信的な思い込みによる攻撃などに晒《さら》される生命の価値とは、一体、何であるのだろうか？　古代のキリスト教徒たちは、自分一人の肉体を闘技場の猛獣に委《ゆだ》ねたに過ぎなかったが、現在の権力者は、自らの平和、愛情、名誉のすべてをペンの非情な攻撃に委《ゆだ》ねるのである。

私が権力者の遭遇するこうした様々な危険性について考えていたとき、あの案内係長が慌《あわ》ただしく入って来て、言った。

「重大なニュースが入りましたので、大臣は閣議に招集されました。妹さんたちを、サン・クルーへお連れすることができなくなりました」

玄関前の階段で待っていた令嬢たちが、うつむき加減に、再び屋内へ引き返すのを私は窓越しに見た。一方、兄である大臣は閣議へと出かけて行った。家族の一杯の幸せを乗せて出かける筈であった馬車は、政治家の心痛だけを乗せて走り去った。

案内係長が、不満と失望を浮かべて戻って来た。

彼が享受できる自由が多いか少ないかが、政界の動向を知る指標《バロメーター》となる。もし彼が暇を得れば、すべてが順調にいっているのだが、もし彼が外出を許されなければ、国が危機の状態にあるのだ。公の事柄に関して彼が口にする言葉は、彼自身の利害と一致するのである。この意味で、私のこの同郷人は政治家に近い、と言える。

彼と暫《しば》らく話している間に、私は公の生活について、色々な奇妙な事実も聞くことができた。

新大臣は、人情の上では、依然として好意を抱き続けながらも、思想の上では、意見を異にする旧《ふる》い友人を幾人か持っている。戦う旗の色こそ彼らと違うが、強い絆で結ばれていることに変わりはない。だが、党の要請で、彼らと顔を合わせることを禁じられている。もし交友が続けば、疑惑を生むことになるだろう。そして、そこに何か卑劣な取引が行われていると嫌疑をかけられるだろう。彼の友人たちは、自分たちの節を売る裏切者となり、また、彼自身は彼らを買収する悪徳大臣と見なされるだろう。だから、二十年間続いた友情を断念し、第二の天性となっている彼らへの愛着を犠牲にすることを余儀なくされているのである。

だが、大臣は、時折、年来からの友情の欲求に抗し切れなくなることがある。彼は、秘《ひそ》かに友人たちを招いたり、自分で訪ねて行ったりする。彼は、公然と友だち付き合いができていた頃の思い出などを語り合うために、彼らと密室に閉じ籠る。これまでのところ、警戒して来たお陰で、政治に抗《あらが》うこの友情の陰謀は、隠しおおせることに成功しているが、早晩、新聞がこの事実を察知し、疑惑の的《まと》として、大臣を国民全体に告発するであろう。

というのは、憎悪は、それが正当であるにせよ、そうでないにせよ、非難攻撃を緩《ゆる》めることがないからである。時には、それは犯罪に繋がることさえある。案内係長の話によると、復讐のため大臣を暗殺する、と脅迫する幾つかの警告が寄せられているので、決して徒歩では外出しない、ということであった。

それから、次々と聞く彼の話から、私は、大臣の判断を誤らせたり、強制したりする誘惑にどんなものがあるかを知った。また、大臣が、どのようにして慨嘆せざるを得ないような不正な行為に、否応なく引きずり込まれていくかが分かった。熱情に欺かれ、懇願に屈し、世評に縛られて、今後、幾たび彼は公正さを失する羽目に陥ることになるだろうか？　権力の座にいる者の何と憐れなことか！　大臣には、権力がもたらす苦難が押し付けられるだけではなく、苦痛を与えるだけでは満足しないで、遂には、堕落させずには措かない悪徳さえもが強いられるのだ。

私ども二人の話は、大臣が帰って来て中断されるまで続いた。大臣は手一杯に書類を抱えて馬車を下り、心配そうな様子で自分の部屋に急いで入って行った。間もなく、呼鈴が鳴らされた。その日の晩に招待されていた人全員に、断わりの通知文を発送するために書記官が呼ばれたのだ。舞踏会は中止されるだろう。周囲の人たちは、先ほど電信で伝えられた重大ニュースのことを、ひそひそと話し合っている。こうした事態の下では、華やかな催しは、人々の憂慮を更に侮辱《ぶじょく》するものと受け取られる虞《おそれ》がある。

私は、同郷人の案内係長に別れを告げて、家へ帰り着いたところだ。先ほど見聞して来たことは、私の先日の疑問に答えている。今、私は、どんな苦悩が権力の代価として課せられるかを知った。「運命は、人々がそれによって与えられると信じているものを、実は、代価をとって売り渡しているのだ」ということがよく解った。

このことは、スペイン王カール五世[*10]が、なぜ修道院の憩いを切望したかを、私に説明する。しかし、私はまだ権力に付随した苦悩のほんの一部分を垣間見たに過ぎない。九天《きゅうてん》から奈落へと権力者を突き落とすあの突然の失脚、責任という重荷を永遠に担って行かなければならないあの苦難の途《みち》、また、人生のあらゆる行動を束縛し、そこにほんの僅かな自由しか残さないあの極度な形式重視の礼節と倦怠《けんたい》という鎖《くさり》については、最早、私は言うべき言葉を知らない。

専制政治の熱心な支持者たちが、形式と儀礼とを擁護して来たのには理由がある。もし人が、一人の人に絶大な権力を与えようと思えば、その人を一般の人たちから隔離し、不断の崇敬を払って取り囲み、そして、一定不変の礼式によって、自分たちがその人に賦《ふ》与《よ》した超人間的役割を維持させる必要がある。支配者は、偶像として扱われない限り、専制的であり続けることはできないのだ。

しかし、結局、これらの偶像は生身の人間であり、また、人々が彼らのために作り上げる特権階級のみに限られる生活が、他の一般の人たちの品位に対する侮辱になるとすれば、それはまた、同時に、特権階級の人たち自身に対しても呵《か》責《しゃく》となる。ヴォルテールが書いているのだが、「この規則を読めば、スペインの主権者が、昔はフェリペ二世[*11]から、終《しま》いは最後の審判の日に至るまで、かつて、為して来たこと、また、これから為すであろうことのすべてを知ることができるように」王と王妃との行動を、時間単位で規定した規則がその宮廷にあったことは、誰でもがよく知っている。王の居室の暖炉の火を消す権利が、ユゼット公爵ただ一人に与えられていた。たまたま、公爵本人が不在であったため、病臥《びょうが》していたフェリペ三世[*12]は、過度の暑気に耐えることを余儀なくされて亡くなった。これも、この規則が厳しく守られた所為《せい》であった。

また、カルロス二世[*13]の妃が、奔馬《ほんば》に乗って走り去ったとき、王妃の身体に触れることを儀礼で禁じていたため、誰も敢えて助けようとする者がいなくて、死の危険に晒《さら》された。二人の若い騎士が決死の覚悟で、その馬を止めた。しかし、彼らを死から辛《かろ》うじて救った王妃の嘆願と涙とがなかったら、死罪を許して貰うことはなかっただろう。ルイ十六世[*14]の妃《きさき》マリー・アントワネット[*15]について、カンパン夫人[*16]が語っている逸話は誰もがよく知っている。ある日、王妃が身支度をしていて、侍女の一人が下着を差し出そうとしたとき、大変に由緒ある家柄の貴婦人が入って来て、儀礼の仕来たりにより、その権利は自分にあるので、名誉を譲《ゆず》るようにと要求した。ところが、彼女がその義務を果たそうとしたその時、更に高位の女性が現われて、彼女が王妃に捧げようとしていた下着を、代わって受け取った。そこへ、更に高位の三番目の貴婦人が現われ、続いてまた、もう一人の貴婦人が現われたが、この人は正《まさ》しく王の妹君であった。こうして、半裸体のままで、ひどく恥じらいながら、儀礼のために寒さで震えている王妃に下着が届くまでに、仰々《ぎょうぎょう》しいお辞儀や挨拶が繰り返されて、それは手から手へと渡ったのであった。

十二日、午後七時。――今日の夕方、家へ帰って中へ入ろうとしたとき、一人の老人が戸口に立っているのを見かけた。体付きといい、顔付きといい、私の父を思い出させるものがあった。優しい微笑み、明敏な眼差《まなざ》し、気品のある風貌《ふうぼう》、無造作な態度など父とそっくりであった。

この老人のお陰で、私は再び昔の自分に引き戻された。慈悲深い神が私に与えてくれていた人が、神の峻厳さとでも言おうか、私の元から余りにも早く奪い去られたが、その〝指導者〟との対話を思い起こした。

父が私に話をする時は、単に思想を交換しあって、私ども親子二人の心を繋ぎとめるだけではなく、その言葉は、常に何らかの教訓を含んでいた。

だが、父はそのことを、殊更、私に感じさせようとはしなかった！　むしろ、父は教訓があからさまである言葉を使うことを極度に嫌った。彼は、美徳は献身的な友を持つことはできるが、弟子を持つことはない、と常々言っていた。だから、善を教えることには熱心ではなかった。彼はただその種子を蒔くことで満足した。経験がやがてそれを花開かせることを信じていたのである。

善の種子がこのようにして心の片隅に蒔かれ、長い間忘れられていて、ある日突然、茎を伸ばし、実を実らせることがどんなに多いことか？　こうして、幼い子ども時代に蓄えられた財宝の価値が理解できるようになるのは、私どもがその必要性を感ずる年頃になってからのことである。

父との散歩中の対話であるとか、或いは、夕食後の時間を賑わした様々な物語の中に含まれた教訓などを、今日、私は引き出す時が来たのだ。今、私の記憶に甦る一つの物語がある。自然界の草木類を採取して稼《かせ》ごうと、それらをガラス箱に採り入れて販売していることから、自らを〝標本製作者〟と称する職業的収集家のところへ、十二歳の時から奉公に出されていた父は、貧困と労苦の生活が絶えなかった。夜明け前に無理やり起こされて、小僧、番頭、職人と、店の仕事を一手に引き受けて働いたが、それによって得られる利益はすべて主人のものになった。実際、この家の主人は、他人の労働を最大限に利用することにかけては、特殊な才能を持っていた。自分では何も作り出せないのに、この人ほど、他人の仕事を上手く利用して、物を売り込むことができる人はいなかった。彼の言葉は、相手がその意味に気づく前に捕らえてしまう網であった。しかも、自分だけを愛し、製作者を敵と見なし、買い手を獲物と考えていたので、貪欲《どんよく》が教える、あの不屈な執拗《しつよう》さで、製作者と買い手とを上手く利用し、彼らから搾取していた。

父は一週間ずっと奴隷のように働き、日曜日にやっと、自分の時間を取り戻すことができた。店の主人は、日曜日を高齢の従姉《いとこ》の家で過ごすことにしていた。そこで、その標本商は、父が自弁で外食するということを条件にして、自由を与えてくれていた。しかし、父は、秘かに胴《どう》籃《らん》の中に隠しておいたパン一切れを携えて、明け方にパリを出て、遥かモンモランシーの谷、ムードンの森、マルヌ川[*17]の屈曲部などを彷徨《さまよ》い歩くのを常とした。戸外の新鮮な空気、育ちゆく植物が豊かに放つ芳香、スイカズラの香などを満喫しながら、空腹と疲労とを覚えるようになるまで歩き続けた。それから、垣根の陰とか小川の縁に腰を下ろした。水菜、森の苺、生垣の桑の実は、それぞれが、父に田園の饗宴《きょうえん》を与えてくれた。彼は幾種類かの植物を採集したり、また、当時流行の兆《きざ》しが出て来ていた作家フロリアン[18]や、翻訳されて世に出たばかりのゲスネル[19]、更には、不揃いの三巻であったがジャン・ルソー[20]の本などを読んだ。足は疲れ、埃にまみれていたが、太陽の傾きが、来たるべき週に備えて爽やかさを取り戻した心を抱いて、パリへの道を再び戻らなければならないことを教えた。こうして、父は活動と休息、研究と瞑想との交替の中に一日を過ごしたのであった。

ある日、父がヴィロフレーの森[21]へ向かって歩いていた時のことであった。その森のすぐ近くまで来たとき、採集した植物を選《よ》り分けている見知らぬ老人に出会った。正直そうな顔付きの老人であったが、眉の下のどちらかと言えば窪んだ眼は、やや不安そうな、おずおずした表情を見せていた。茶色の上着、灰色のチョッキ、黒い半ズボン、毛羽立った靴下などを着け、象牙の握りのついたステッキを腕に抱えていた。その風采は、自分の蓄えを元手に暮らしている、あのホラティウス[22]の「金色《こんじき》の中庸」よりは少し下の、慎《つつ》ましい隠居といったものであった。

年齢に対して深い尊敬の念を抱いていた父は、通りすがりに、丁寧に挨拶をした。その拍子に、父が手にしていた植物の一つが滑り落ちた。その見知らぬ老人が、それを拾おうとして身を屈《かが》めたとき、その植物が何であるか、に気がついた。

「これはデウタリア・ヘプタフィロスですよね」と、老人は言った。「私はこの辺《あた》りの森では、まだ一度も見かけたことはありません。あなたはこの近くで見つけられたのですか？」

私の父は、セーヴルの近くの丘の上には沢山生えているが、更に、大きなラセルピティウムも沢山あると答えた。

「ラセルピティウムもですか！」と、老人は息せき切って繰り返した。「ああ！　是非、採集に行きたいものです。かつて、私はそれをラ・ロベーラ*23の山中で採集したことがあります」

父は彼を案内しようと申し出た。老人はその申し出を感謝して受け入れ、彼が採集していた植物を急いで取り纏めていたが、突然、良心の咎《とが》めに捉えられたようであった。彼は、私の父に、今、歩いている道は山の中腹であって、ペルヴューのダム・ロワイヤル*24のお城へ通じている道だから、丘の頂を越えると、道を外《そ》れることになるので、見ず知らずの者のためにそうした骨折りを強いることは正当でない、と言った。

私の父はいつもの親切心から、その時も、強く案内を主張した。だが、熱意を示せば示すほど、老人は頑《かたく》なに辞退した。父の善意が、結果的には、老人に疑惑の念を招かせたのではと思えた。そこで、父は、ここから辿って行く道筋だけを教えることで満足した。父がその老人に挨拶すると、程なく、その人の姿は見えなくなった。

数時間も過ぎると、父はもうその老人との出会いのことは忘れていた。シャヴィルの雑木林に着き、そこの空地の苔の上に寝そべって、『エミール』[*25]の最後の巻を読んでいた。それを読む喜びが完全に父を虜《とりこ》にしたので、周りのものは一切目に入らず、耳にも聞えなかった。父は頰を紅潮させ、眼を潤《うる》ませて、特に、心を捉えた箇所を、声を出して読み返していた。直ぐ側《そば》で発せられた叫び声が、父を恍惚状態から覚めさせた。父は頭をもたげた。そして、そこに、さっき、ヴィロフレーの岐路で出遭った、あの慎《つつ》ましい老人の姿を認めた。

彼は沢山の植物を携えていて、その採集が、彼を上機嫌にしているように見えた。

「本当に有難うございました」と、彼は父にお礼を言った。「あなたが教えてくださったものを皆、見付けることができました。魅惑的な散歩ができたのはあなたのお陰です」父は、相手に対する尊敬の念から、立ち上がって、丁寧に挨拶をした。その見知らぬ老人は、全く心を許した感じで、自分の方から、若い〝採集好きな道連れ〟に、パリへの帰途に就《つ》く積りはないか、と尋ねた。父はそれに同意して、本をしまうため胴籃《どうらん》を開けた。

その見知らぬ老人は、不躾だが、本の名前を教えて貰えないか、と笑みを浮かべて言った。父はそれが、ルソーの『エミール』であることを答えた。

老人の顔が、一瞬厳粛になった。

二人は暫らく並んで歩いた。父は、読書の感動で未だに鼓動している胸の熱さをもって、その本が彼に感じさせていたすべてを話した。連れの老人は、終始、冷ややかな態度で黙ったまま聞いていた。父は、その天賦《てんぷ》の才が、世界の市民とならせていたジュネーヴの偉大な作家の栄光を讃えた。そして、時空を超えて支配するだけでなく、あらゆる国民の中から進取の気性に富む人たちの一群を掻き集める、偉大な思想家に賦与《ふよ》されている特権についても熱く語った。その時、その見知らぬ老人は、突然、父の言葉を遮《さえぎ》り、穏やかに言った。

「ジャン・ジャックは、あなたが羨《うらや》んでいられるらしいその名声を、あの向こうに、煙突から煙が上がっているのが見える、あの炭焼き小屋の人たちの中の一人の生活と、果して交換しないだろうか？　どうすればあなたにこのことがお分かりいただけるだろうか？　彼の名声は、迫害以外の何を彼にもたらしたでしょうか？　彼の著作が作ったかも知れない未知の知人たちは、彼らの心の中で彼を祝福するだけで満足します。ところが、著作が作った公然の敵対者たちは、彼らの暴力や中傷によって彼を追及するのです！

「彼の自尊心は、確かに、成功によって諂《へつら》われました！　だが、それはまた、風刺によって幾たび傷つけられたことでしょう！　人間の自尊心は、萎《しお》れた一片の薔薇の花弁すらが、その眠りを妨げるシバリの人間[*26]に似ていることを、しっかりと信じてください。世間の人を利する、あの活発な精神活動は、殆どいつも、その活動を生み出す人には反逆するのです。そのため、年齢を重ねるにつれて、その活動への悩みが増して来るのです。彼の追及する理想は、何時の場合も、現実とうまく噛み合わないのです。彼は、余りにも視覚が鋭敏すぎて、どんな美しい顔にも欠点、汚点を認める人に似ています。私は、更により強い誘惑、より深い落し穴については話さないことにします。

「あなたは、天才は王様に似ている、と言いました。だが、誠実高潔な人で、王様になることを恐れないという人が果たしているでしょうか？　大きな権力に依存する人は、私ども人間の弱さや短慮のために、大きな失敗を準備していることになるのです。どうか私を信じてください。その本を書いた人を、賞賛したり羨《うらや》んだりしないでください。もしあなたに感じやすい心がおありならば、その著者を憐れんでやってください！」

父は、この最後の言葉を口にした道連れの老人の激しい調子に驚いて、どう返事してよいか分からなかった。

丁度その時、二人は、ムードン宮殿からヴェルサイユ宮に通じる舗装した道路に出た。そこへ、一台の馬車が通りかかった。

その馬車に乗っていた女性たちは、老人の姿を認め、驚きの叫び声を挙げ、窓にもたれて繰り返した。

「ジャン・ジャックだわ！　ルソーよ！」

馬車は直ぐに遠くに走り去った。

父は、困惑と驚きのため、目を見開き、手を握りしめて、その場に立ち尽くしていた。

自分の名前が叫ばれるのを聞いて身震いをしていたルソーは、父の方を向いた。そして、彼の最近の不幸の数々が、彼に与えていたひどい人間不信を露《あらわ》にして言った。

「お分かりのように」と、彼は言った。「ジャン・ジャックは隠れることもできません。ある人たちにとっては好奇心の対象であり、また、ある人たちにとっては憎悪の対象である彼は、いわば、万人が指さす公共の財産なのです。閑人《ひまじん》の無遠慮を耐え忍ぶというだけなら、余り問題ではないのですが、ある人が名をなすという不幸を持つや否や、その人は、世間共通の所有物になるのです。皆がその人の生活を掻き回し、どんな些細な行動についても噂し合い、感情をも弄《もてあそ》びます。彼は、すべての通行人が落書で汚すことのできる、あの壁のような存在になります。恐らく、あなたは、私自身が『手記』[*27]を出版することによって、世間の好奇心を助長したと言われるでしょう。しかし、世間が私にそれを書くことを余儀なくしたのです。人々は、日よけの隙間から私の家を覗き見して、中傷しました。そこで、少なくとも有りの儘の私を知って貰うようにと、私は思い切って戸や窓を開け放したのです。では、さようなら。名声の価値を知りたい時は、ルソーに会ったことを思い出してください」

九時。――ああ！　私には、今日初めて、父の物語の意味が理解できる。それは、私が一週間前から自分に問いかけている問いの一つに対する答えを含んでいるからだ。成るほど、名声と権力とは、共に、高価な代価によって買われるものであることと、また、この二つは、人々の魂を幻惑させるとしても、同時にそれらは、ド・スタール夫人[*28]が言うように、多くの場合、「失われた幸福への華やかな哀悼」に過ぎないことが、今こそ、実感できる。

〔訳者注〕

＊1　ユノ：ローマ神話の主神ユピテル（ジュピター）の妻。女性と結婚の女神。

＊2　新しい月順：五月を七月と、そのままの名称で呼んだため、それに続く六月は八月、七月は九月と、二か月ずつ呼び名がずれていった。

＊3　ユリウス・カエサル：ガイウス・ユリウス・カエサル（ジュリアス・シーザー）（紀元前一〇〇～四四）。古代ローマの将軍・政治家・文筆家・終身独裁官。

＊4　犬の寓話：ジャン・ド・ラ・フォンテーニュ（一六二一～九五）作の寓話。『寓話集』（十二巻）は、動物を借りて人間を描いた寓話文学の傑作。

＊5　サン＝シモン：ルイ・ド・ルーヴロワ・ド・サン＝シモン公爵（一六七五～一七五五）。フランスの宮廷人・作家。

＊6　ル・ペルティエ街：オペラ座のある通り。このオペラ座は一八七三年に火災で焼失。

＊7　頸木：車ながえ（前方に伸ばした二本の棒）の先端につけ、車を引く牛馬の頸の後ろにかけた横木。転じて、自由を束縛するもの。
＊8　サン・クルー公園：サン＝クルーはパリ西郊の町で、公園が有名。
＊9　ローマの凱旋者：古代ローマの時代、厳粛な凱旋行進中、しんがりを務める兵士たちに完全な言論の自由が許されていた。
＊10　カール五世：スペイン国王（一五〇〇～五八〈在位一五一六～五六〉）。スペイン王としてはカルロス一世。また、神聖ローマ皇帝〈在位一五一九～五六〉。退位後、修道院に入った。
＊11　フェリペ二世：スペイン国王（一五二七～九八〈在位一五五六～九八〉）。スペインの黄金時代を築く。
＊12　フェリペ三世：スペイン国王（一五七八～一六二一〈在位一五五六～一六二一〉）。国王が絶命したのは、火桶の木炭による蒸気と同じ暑気の中に置かれたためであった。
＊13　カルロス二世：スペイン国王（一六六一～一七〇〇〈在位一六六五～一七〇〇〉）。死後王位継承問題が起こる。
＊14　ルイ十六世：フランス国王（一七五四～九三〈在位一七七四～九二〉）。フランス革命により一九九二年に王権停止。一七九三年一月に断頭台で処刑。
＊15　マリー・アントワネット：フランス王ルイ十六世の妃（一七五五～一七九三）。フランス革命中の一七九三年十月に処刑。
＊16　カンパン夫人：アンリエット・カンパン（一七五二～一八二二）。マリー・アントワネットの侍女・友人で、回想録を書く。

＊17　マルヌ川：パリの東南約三キロメートル地点でセーヌ川に合流。
＊18　フロリアン：ジャン＝ピエール・クラリス・ド・フロリアン（一七五三～九四）。ラ・フォンテーヌに次ぐフランスの寓話作家。
＊19　ゲスネル：一七三〇～八七。スイスの詩人・画家。
＊20　ジャン・ルソー：ジャン＝ジャック・ルソー（一七一二～七八）。スイス生れのフランスの思想家・作家。著書に『エミール』、『社会契約論』など。
＊21　ヴィロフレーの森：ヴェルサイユ宮殿近くの森。
＊22　ホラティウス：クィントゥス・ホラティウス・フラックス（紀元前六五～八）。古代ローマの詩人。『詩論』は特に有名。
＊23　ラ・ロベーラ：ルソーのスイスの友人の邸。
＊24　ダム・ロワイヤル：ロイヤル・プリンセス（王女）のこと。
＊25　『エミール』：ルソーの著書。人間は生来善なる存在だが、教育組織によって毒されると説く。後にスイスの教育改革者ペスタロッチに多大な影響を与えた。
＊26　シバリの人間：遊蕩・快楽に耽る人間の譬え。
＊27　『手記』：ルソーの『告白録』のこと。
＊28　ド・スタール夫人：アンヌ・ルイーズ・ジェルメーヌ・ド・スタール（一七六八～一八一七）。フランスの作家。

第八章

人間不信と後悔

八月三日、午後九時。——すべてのものが陰鬱に思える日がある。周り全体が、空と同じように、不吉な霧に覆われる。何もが所を得ていないように思われる。悲惨、不用意、冷酷のみが眼につく。世の中に神は存在せず、すべてが偶然という不条理に委《ゆだ》ねられているように見える。今日もまた、私はこうした悲しむべき気分に陥《おちい》った。郊外を長い時間散歩した後、意気消沈して、とぼとぼとわが家へ帰って来た。

私の眼に入ったすべてのものが、私どもがあれほど誇っている文明を非難しているように思えた！　私は、かつて一度も、通り抜けたことのなかった狭い路地に迷い込んだ。そこには、貧しい人たちが生まれ、苦しみ、そして、死んでいくあの恐るべき家々が密集していた。歳月が見苦しい汚点をつけているひび割れた壁、乾かそうとして汚れた襤褸《ぼろ》が垂れ掛けてある窓、毒蛇のように建物の前をうねりながら這っている悪臭を放つ溝などを私は眼にした。私は深い悲しみに胸を塞がれ、歩度を速めた。

更に、少し先へ進んだところで、今度は、病院から出て来た霊柩車に行く手を遮《さえぎ》られた。釘で打たれた樅《もみ》の柩《ひつぎ》に入れられた死者が、花輪もなく、葬送の式もなく、会葬者もなく、最後の住処《すみか》へ向かうところであった。あの見捨てられた人たちの最後の友、つまり、ある画家が貧困者の葬儀の唯一の参列者として描いた犬*1さえもが、そこにはいなかった！　人々が大地に委《ゆだ》ねようとしていたその死者は、この世に暮らしていた時と同じように、ただ一人で墓所《はかしょ》へ行こうとしていた。恐らく、彼の最後の旅に気づく者は一人もいないだろう。この人間社会の中の大きな戦いにおいて、一人の戦士が姿を消すことなど物の数ではない、と言うのか？

しかし、この社会の中の一人の人間が、このように、まるで風に散る木の葉のように消え去って行くとするなら、そもそも、人間の社会とは、一体、何であるのだろう？

病院は兵舎の近くにあった。営門では、老人、女性、子どもたちが、兵士が彼らに恵んでやるパンの残りを奪い合っていた！　こうして、私どもと同じ人間が、私どもからの同情が彼らに生きる権利を与えるのを待っているのだ！　見捨てられた人々の群は、神の子すべてに課された試練に加えて、更に、寒気、飢餓、屈辱の苦痛を忍ばねばならないのだ。憐れむべき人間の共和国よ、そこでは、人間は、蜂の巣の中の蜜蜂よりも、地下都市の中の蟻よりも惨めな状態にあるのだ！

ああ！　それでは、私どもの理性とは、一体、何であるのだろう？　もし私ども人間が蜂や蟻ほどにも賢明でなく、幸福でないとすれば、人間の優れた能力の多くは、一体、何の役に立つのだろう？　全世界中が饗宴《きょうえん》の場である空の鳥の生活と、私どもの中の誰が、その労苦と受難の生活を取り替えないだろう？

『ブルターニュの炉辺物語』*2 に登場するマオの嘆きが、私には本当によく分かる。彼は飢と渇きで死に瀕したとき、果樹を漁《あさ》り渡る鷽《うそ》を眺めながらこう言った。

「ああ！　あの鳥たちの方が、私どもキリスト教徒より幸せだ。彼らには宿屋も肉屋もパン屋も八百屋も要らない。神が創造した天は彼らのものだし、大地は彼らの前にいつもご馳走を拡げている！　小さな羽虫は彼らの獲物であり、実の生《な》る草は彼らの麦畑であり、野薔薇の赤く熟した実や野茨《のいばら》の実は彼らのデザートなのだ。彼らは一文の支払いもせず、物乞いもせず、どこででも、それらをわが物とする権利を持っている。だから、小鳥たちは幸せで、日がな一日中歌っているのだ！」

自然のままの人間の生活も、小鳥のそれとよく似ている。彼らと同じように、人間も自然を享受《きょうじゅ》する。「大地は常に彼らの前に、いつものご馳走を拡げている」それでは、国家を形成するこの利己的で不完全な社会によって、一体、人間は何を得たのだろうか？　自然の豊かな懐《ふところ》に再び帰り、そこで、自然の恵みを受けて、平和に、自由に生活する方が万人にとってどれほど良くはないだろうか？

八月十日、午前四時。——曙光が私の寝台のカーテンに淡い光を投げかける。そよ風は階下の庭の花の香を屋上にまで運んで来る。今朝もまた、私は窓にもたれて、この一日の目覚めの爽《さわ》やかさと喜びとを呼吸する。

私の視線は、毎日楽しく、花や小鳥の囀りや陽の光に満ちた屋根の上を彷徨《さまよ》う。しかし、今日は、私の視線が、私どもの家と隣の家とを隔てている控え壁の先端部分でぴたりと止まる。嵐がその先端の漆喰《しっくい》の上塗りを剥《は》がしていて、その窪みに、風に運ばれて来た土埃《つちぼこり》が溜《た》まり、雨で固められて、一種の空中テラスが作られていた。そこには、僅かばかりの草も生えていた。その真ん中に一本の麦の茎が伸びていて、今日、それは、黄ばんだ頭を傾《かし》げた弱々しい穂を載《の》せている。

屋根の上まで紛《まぎ》れて来たものの、やがては近隣の雀たちに啄《つい》ばまれるだろう、この憐れな麦の穂が、今、鎌の下に倒されようとする豊かな田園の収穫へと、私の想像を誘って行く。更にまた、それは、私の子どもの頃の故郷での懐かしい散歩をも思い起こさせる。

その頃、どこの農家の麦打ち場からも、から棹[*3]の音が響いていた。また、黄金色の麦の束を積んだ荷車が四方から帰って来たものだ。私は、娘たちの歌声、老人たちの上機嫌な姿、農夫たちの開放的なはしゃぎなどを、今でもよく覚えている。その日の彼らの様子からは、何か自負心と優しさとが感じられた。優しさは神に対する感謝から、自負心は勤労の報酬である収穫を目《ま》の当たりにしたことから来ていた。彼ら農夫たちは、漠然とではあるが、世の中全体の仕事の中における、自分たちの役割の偉大さと神聖さとを感じていた。彼らは誇らしげに穀物が堆積《たいせき》したその山を眺めて、「神の次に世界を養うものは私どもだ！」と言っているように思えた！

すべての人間の活動には、何という素晴らしい秩序があることか！　農夫が農地を耕し、万人に日々の糧を準備しているとき、そこから遠く離れた町では、職人は農夫が着ることになる着衣を織り、鉱夫は鋤を作るための鉄を地下に探し、兵士は侵入者から農夫を護《まも》る。判事は法律によって農夫の所有地が保護されるように監督し、租税監察官は農夫個々人の利益と、一般社会人の利益との調整を図る。商人は農夫の生産物を外国の生産物と交換することに専念し、学者と芸術家とは水蒸気が巨大な鉄道列車を引っ張るように、物質世界を牽引《けんいん》するあの理想的な駢馬《べんば》に、毎日数匹の駿馬《しゅんめ》を付け加える！　このようにして、すべてが連携し、すべてが相互に協力し合う。それぞれの持ち場の人たちの労働は、本人自身と全世界の人たちの両方を利する。暗黙の協定によって、社会全体の銘々の構成員間に仕事が分配される。仮にこの分配に誤謬《ごびゅう》が犯されようとも、また、ある個人がその才能に相応《ふさわ》しい雇用をされないとしても、細部の欠陥は全体の優れた設計の中に融け込む。こうした社会の中の最も貧しい人でも、皆等しく、その地位、その仕事、その存在理由を持っている。これは、各個人が全体の中の何かであるからだ。

しかし、自然の状態で暮らす人間には、こうした状況は全く見られない。彼は自己に頼る以外にないのだから、すべてのことは自分一人で充《み》たしていかなければならない。天地の創造物のすべては、成るほど、彼のものではあるが、その中には救済、と同時に障碍もまた潜んでいる。神が彼に与えている孤立した力で、これらの障碍を乗り越えなければならない。無論、僥倖《ぎょうこう》か、偶然以外には、他人の援助を期待することはできない。誰も彼のために収穫し、製作し、戦い、考えてくれる者はいない。彼は何人に対しても何者でもないのだ。ただ彼は自分の単独の力の総和を乗じた一つの単位でしかない。一方、文明人は社会全体の力を乗じた一つの単位である。

この間の事情はよく分かっている積りであったが、先日、私は幾つかの悪徳の一部始終を目《ま》の当たりにして、落胆し、社会を呪い、未開人の生活を羨《うらや》もうとさえした。

私どもの人間としての弱点の一つは、常に、気分を証拠だと見誤って、一片の雲とか一筋の日光によって季節を判断したりすることである。

悪徳を眼にしたために私に未開人の生活を願望させたあの不幸も、本当は、文明の所産であったのだろうか？　私どもは、こうした不幸を生んだという廉《かど》で、社会を非難すべきなのか、それとも逆に、文明こそ、そうした不幸を和らげるものと認めるべきなのか？　兵士からパンを貰っていたあの女性たちや子どもたちは、果して、砂漠の中で、もっと多くの支援や同情を望むことができるだろうか？　見捨てられた状態を、私が嘆いたあの死者でさえも、病院の看護、柩《ひつぎ》、永眠すべき慎《つつ》ましやかな墓などを見出したではなかったか？　ただ一人孤立し、人々から遠く離れていたら、彼は洞窟の中で野生の動物のように死ななければならなかっただろう。そして、今頃は、ハゲタカの餌食《えじき》になっていただろう！　だから、人間社会のこうした恩恵は、最も貧窮している人たちによっても共有されるのである。他人が収穫して捏《こ》ねたパンを食べる人は誰でもが、同胞の恩義を受けているのであって、彼は彼らに何も返礼の必要はないとは言えないのだ。私どもの中で最も貧しい人でさえもが、自分だけの力で自然から獲得するよりも、ずっと多くのものを、社会から与えられているのである。

しかし、社会は、私どもに更に多くのものを与えることはできないのだろうか？　このことを疑う人がいるだろうか？　この仕事と働き手との分配関係には、確かに、誤謬《ごびゅう》が犯されて来た。時間がこの誤謬《ごびゅう》の数を減らすことになるだろう。新しい光が射して来れば、より優れた分配がもたらされるだろう。社会の組織は、他のすべてのものと同様に、徐々に完成へと向かって行くだろう。ただ、困難は、時間の緩慢《かんまん》な歩みに歩調を合わせることにある。無理に歩調を合わせようとすれば、必ずそこに危険が伴なう。

八月十四日、午前六時。——私の屋根裏部屋の窓は、どっしりとした哨塔《しょうとう》のように屋上に突き出ている。その棟には下地として大きな鉛板が張られているが、それが瓦の下で徐々に撚《よ》れて来ている。

寒暑の不断の作用が鉛板を持ち上げたためである。その裂け目の一つが哨塔《しょうとう》の右側の角に作られ、一羽の雀がそこへ巣をかけた。

私はこの空中の住まい作りの進み具合を、着工の初日から見守った。小鳥がそこへ巣作りのため、藁や苔や毛くずを運び続けるのを見た。そして、この困難な仕事に見せた辛抱強い技《わざ》に驚嘆した。これまでは、私の屋上のその友人は、庭のポプラの梢を飛び回ったり、樋に沿って囀り歩きながら日々を送っていた。淑女の生活こそが、それに相応《ふさわ》しい生活であるかのように思えた。やがて、突然、雛の隠れ家を準備する必要性が、その無精者を働き者に変えた。彼女は最早休息も安楽も求めなかった。私は彼女が絶えず飛び、探し、持ち帰るのを見た。雨も太陽も彼女を止めなかった。必要性が持つ力の見事な手本！　私どもは才能の大部分だけでなく、徳の多くを、必要性に負っているのだ！

緯度の関係で気候に恵まれない地方の人たちを、国家間で優位の地位にあれほど早くに就かせた、あの誠実な活動力を彼らに与えたのは、必要性ではなかったのか？　彼らは自然の恵みの大方を奪われているので、勤勉によってのみそれを補った。必要性が彼らの知性を磨き、忍耐が彼らの洞察力を目覚めさせた。常に輝く太陽に暖められ、大地の恵みを一杯に受けている人間が、未開拓の天与物のただ中にあっても、貧しく、無智で、裸体同然であるのに反して、彼らは必要に迫られて、大地から食べ物を苦心して手に入れ、気象の厳しさから身を守るために家を建て、動物の毛を纏って身体を暖めることを強いられた。労働は彼らをより聡明に、より頑健にした。彼らは、労働によって鍛錬され、生物の階級において、より高位に登ったが、それに反して、自然物がより一層恵まれた人間たちは、獣に最も近い段階に止まった。

　いわゆる、労働に従事するようになってから、その本能がより鋭くなったように思える雀を眺めながら、私は以上のように考えたのである。遂に、巣が完成した。彼女はそこに居を定めた。そして更に、私は、彼女の新しい生活の一部始終を観察することができた。

　卵が抱かれ、雛たちが孵《かえ》されると、最大限の注意を払って餌を与えた。このようにして、私の窓の一隅は道徳実践の活《い》きた舞台となった。人間の父親や母親は、そこに色々な教訓を汲み取ることができたであろう。雛たちは間もなく成長して、今朝、私は彼らが巣立つのを見た。他の雛より身体の弱い一羽が、屋根の端を飛び越えられないで、樋の中に落ち込んだ。私は辛抱してそれを捕まえ、彼らの巣の前の瓦の上に再び置いてやったが、母鳥はそれには眼もくれなかった。家族の世話から解放されて、彼女は樹々の間とか、屋根から屋根へと飛び回って、気ままな生活を再び始めた。私を恐れているためだ、というどんな口実も彼女に与えないようにするため、窓から離れているように努めたが、その甲斐はなかった。その小さなか弱い雛が、憐れな叫び声を上げて、どんなに母鳥に呼びかけても無駄であった。非情な母鳥は、歌いながら、また、自信に満ちて優雅に羽を震わせながら、飛び回った。一度だけ、父鳥が近くまで来て、軽蔑の眼でわが子を眺め、やがて飛び去り、二度と近づいては来なかった！

私はその小さな孤児の前にパン屑を撒いてやったが、彼はそれを嘴で啄《つい》ばむ方法を知らなかった。私は彼を捕まえようとしたが、今は見捨てられた、巣の奥の方へと逃げ込んでしまった。もし母鳥が帰って来なければ、彼はそこでどうなるだろう？

八月十五日、六時。——今朝、窓を開けると、その雛鳥が瓦の上で死にかかっていることが分かった。彼の傷は、非情な母によって巣から追い出されたことを示していた。息を吹きかけて再び彼の身体を暖めようとしたが、無駄であった。私は彼の最後の脈拍を感じた。瞼は既に閉じられ、羽は垂れ下がっていた！　私は彼を陽の当たる屋根の上に置いて、窓を閉めた。死に対するこうした生の闘いは、その中に、常に何か不吉なものを感じさせる。それは、私どももまた死ぬべきものであることを、予告するからである。

幸いなことに、廊下に誰かの足音が聞える。確かに、あれは年老いた隣人のものだ。彼の話は、この私の気持ちを紛らわしてくれるだろう。

＊

ところが、その足音は門番の婆さんのものだった。とても素晴らしい女性なんだ！　彼女は、水兵の息子からの手紙を私に読んで貰い、その返事も書いて欲しいというのである。

私は日記帳にそれを写し取るために、その手紙を預かっていた。次のような内容であった。

「懐かしいお母さん――この手紙は、この前の手紙後ずっと、僕が元気だということをお知らせするものです。ただ、先週、僕は艦《ふね》のボートに乗っていて溺れかけました。ボートは軍艦には無くてはならないものなので、もし損失していたら、大きな損害となったでしょう。

「強風が私どものボートを転覆させたのです。丁度、僕が水面へ浮き上がったとき、艦長が沈みかかっているのが見えました。僕は艦長の後を追って潜《もぐ》りました。それは僕の義務だったからです。三度潜って、僕は、とても喜んで貰ったのですが、艦長を水面に浮かび上がらせました。僕たち二人が艦上へ引き上げられて、艦長が息を吹き返したとき、まるで士官にでもするように、僕の首に腕を回して抱きついて来たのです。

「お母さん、本当のことを言って、悪い気はしませんでしたよ。だけど、それだけじゃないんです。艦長を引き上げたことが、僕がしっかりとした人間だということを思い出させたらしいのです。今しがた、一等水兵に昇進したことを告げられました！　僕はそのことを知ったとき、心の中で叫びました。『お母さんに一日に二度ずつコーヒーを飲ませてあげられる！』と。お母さん、これからはもう、何も肩身の狭い思いなんかしなくてもいいんですよ。お上からお母さんの方へ送って貰う給金を、今までよりも増やして上げられるのですからね。

「末筆ですが、僕に心配をかけまいとお思いなら、ご自身のお身体を大事にしてください。お母さんが、何の不足もなく暮らしていられると考えることほど、僕を安心させるものはないのですから。

心の底からあなたの息子のジャックより」

門番の婆さんが私に代筆させた手紙は、次のようなものであった。

「私の優しいジャコ——お前が相変わらず誠実で、お前を育てた者に恥をかかせるようなことは決してしないってことを知って、私は本当に嬉しい。命を大切にするようになんて、今更、言うまでもないことです。私の命がお前の命と一緒だってことと、お前なしでは、私は生きてなんかいられないってことは、お前もよく知っているよね。ところで、是が非でも生きていなければならないってことはないけど、義務だけは是が非でも果たさなければなりません。

「私の健康のことなんか心配しないでおくれ、優しいジャコ。この頃みたいに元気なことは、これまでにないことなんだから！　お前を悲しませないためにも、私はちっとも年を取らないよ。何の不自由もしないで、まるで淑女のように優雅な生活をしているよ。今年は、お金が少し余《あま》った位なんだよ。家の抽斗《ひきだし》は締りが悪いから、そのお金を銀行へ預けて、お前の名義で通帳を作っておいた。だから、これから先に、帰って来たら、お前は結構利息で暮らせると思うよ。それから、お前の箪笥には新しい下着を入れておいたよ。また、艦《ふね》で着るジャケツを三枚編んでおいた。

「お前の知り合いは皆元気でいるが、お前の従兄が死んで、後に残されたかみさんが生活に困っている。お上から頂くお金の中から、三十フランをあの人に渡してくれ、とお前の手紙に書いてあったと話したら、とても喜んでね、朝晩のお祈りのとき、お前のことを思い出してくれているとのことだよ。考えてみれば、この方の利息は私たちの心が受け取るんだから、これはまた別の形の貯金だよね。

「さようなら、懐かしいジャコ、度々、手紙をよこして、善なる神とお前の年老いた母のことをいつも思い出しておくれ。

フロジーヌ・ミロより」

見上げた息子と立派な母親！　こうした模範が、私どもの心をどれほど人類愛へと導くことだろう！　空想の中でだが、厭世的《えんせいてき》な思想の発作に捉えられると、私どもは、未開人であることの運命を羨《うらや》んだり、自身の運命よりむしろ小鳥の運命の方がよいと考えたりする。しかし、公平な観察は、直ぐに、こうした逆説に正当な判断を下す。よく吟味してみると、善と悪とが混淆《こんこう》しているこの人間社会の中では、善の方が遥かに多いので、私どもはそれに馴れて気づかなくなっているのである。これに反して、悪はそれが例外的であるがために、一層強く私どもの心を打つのだということが分かる。世の中に完全なものは何一つないとしても、自らの償いとか救済とかができないほどの悪は存在しないのだ。社会の悪の中にも、心を豊かにするものがどれほどあることか！　また、道徳の世界が、どれほど物質の世界の救済者になっていることか！

人間を、他の創造物すべてから永遠に区別するものは、思慮のある愛情と永続的な自己犠牲の能力とである。私の部屋の外の窓の片隅で、一胎《ひとはら》の雛の世話をした母鳥は、種の保存を確かなものとする法則を成就するために、必要な期間だけ献身した。しかし、彼女は本能に従ったまでのことであり、理性的な選択をした訳ではない。神によって彼女に命じられた使命を遂行すると、重荷を下ろしたかのように、義務を放棄して、再び自分自身の利己的な自由に戻っていった。これと正反対に、もう一人の母親は、神が彼女をこの地上に置いてくださる限り、自らの使命を継続するであろう。彼女の息子の生命は、彼女の生命に、どこまでも、いわば、付け加えられ続けていくのである。そして、彼女が地上から姿を消すとき、彼女はそこに彼女自身の一部を残して行くだろう。

このように、愛情は、私ども人類に、他のすべての創造物とは異なった生存の仕方を授けてくれる。こうした愛情の恩恵により、私どもは一種の地上的無死を享受するのである。つまり、他の生物は種を〝継ぐ〟のだが、人間のみは種を〝永続させる〟のである。

〔訳者注〕
＊１　葬儀の唯一の参列者として描いた犬：画家エドウィン・ヘンリー・ランドシア（一八〇二〜七三）の作品『老羊飼いの喪主』（一八三七）に描かれた犬。
＊２　『ブルターニュの炉辺物語』：本書の著者、エミール・スーヴェストルの著書。一八四四年刊。
＊３　から棹：稲や麦などの穂を打って、籾《もみ》を落とす農具。

第九章

ミシェル・アルーの一家

九月十五日、八時。――今朝、本の整理をしていると、ジュヌヴィエーヴ婆さんがやって来た。毎週日曜日に、私が彼女から買うことにしている果物を籠に入れて持って来てくれたのだ。私がこの町で暮らすようになってから、二十年近くになるが、果物は彼女の小さな店を贔屓《ひいき》にしている。他の店へ行けば、恐らくもっと品数も多いだろうが、ジュヌヴィエーヴ婆さんには常連客が僅かしかいないからである。彼女から逃げることは、彼女に損害を与え、不必要な苦痛を与えることになるだろう。私どもが互いに知り合いになってから、もう随分になるので、彼女との間に一種の暗黙の契約を私に結ばせているようにさえ思える。つまり、私との取引関係は、彼女の一つの財産になっているのである。

彼女は持参した果物籠をテーブルの上に置いた。その時、私が書棚に別の棚を付け足して欲しいと思っている、と話したのを聞いて、彼女は指物師である夫を寄こすために、直ぐにまた、階下へ下りて行った。

その日、初めの内は、彼女の様子にも口調にも、別段気にかかることはなかったのだが、今、その日のことを思い出すと、いつもの快活さが全く見られなかったように思われる。ジュヌヴィエーヴ婆さんには、何か心配事でもあるのだろうか？

実は、彼女は気の毒な女なのだ！　彼女の最も華やかであるべき時期のすべてに亘《わた》って、非常に辛い試練を経て来たので、それだけで、もう既に充分なお仕置きは受けている、と私は考えていた。たとえ私が百歳まで生き永らえるとしても、初めて彼女と顔見知りになり、尊敬するようになった事情を、決して忘れることはないだろう。

それは、私がこの郊外に居を定めた頃のことであった。一人も買い物客が寄り付かない、がらんとした果物店があることに気づいた。その見捨てられたような店の様子に心を惹かれて、私はそこで僅かばかりの買物をした。私は、いつでも本能的に、貧しい店で買物をすることを好んだのである。そうした店では、品物を選ぶ選択権は確かに限られてはいるが、私の買物は、貧しい一人の同胞への同情の証《あか》しであるように思えたからである。僅かな商いでも、生存そのものが危難に晒《さら》されている人たちにとっては頼みの綱なのである。つまり、生活の資を得る唯一の資源なのである。その場合、売り手の方の目的は、豊かになることではなく、生きることであるのだ！　そのような商人から買物をすることは、単なる取引きではなく、一つの善行なのである。

　ジュヌヴィエーヴ婆さんも、その頃はまだ若かったが、今では、あの瑞々《みずみず》しい青春の輝きは既に失われている。貧しい人たちの場合は、苦痛がそれほどまでに早く容色を衰えさせるのである。腕利きの指物師であった彼女の夫は、次第に仕事を怠けるようになり、彼ら職人仲間の言葉を借りれば、「聖月曜日様の信者」[*1]になっていたのだ。一週間分の稼ぎ、と言ってもいつも二、三日しか働かなかったが、その稼ぎの全部は、安酒場の神への賛美に捧げられたので、ジュヌヴィエーヴ自身が一家の食い扶持《ぶち》を稼がなければならなかった。

　ある日の夕方、少しばかりの買物があって彼女の店へ入って行ったとき、店の奥で口論をする声が聞こえた。数人の女性の声に混じって、私は涙声のジュヌヴィエーヴの声を耳にした。店の奥を窺うと、果物屋のかみさんが自分の腕にしっかりと抱いている子どもにキスをしている姿が見えた。一方、その子どもの里親は、どうやら婆さんに養育費を要求しているらしかった。可哀そうなジュヌヴィエーヴは、無論、説明や釈明はし尽したらしく、ただ黙って泣いていた。近所のかみさんの一人が、興奮した百姓女を宥《なだ》めようとしていたが、無駄なように見えた。お金への執念、これは厳しい農民生活の弊害として、残念ながら、決して無理もないことに思われるのだが、その欲情に駆られて、また、当てにしていた養育費を断られたことに落胆もして、里親の方は非難、脅迫、悪口の限りを尽くしていた。私は、敢えて仲介しようとせず、さりとて、その場から立ち去ろうとも考えないで、心ならずも、その口論に聞き耳を立てていた。その時、夫のミシェル・アルーが店の戸口に姿を現わした。

指物師が、一日の大半を酒場のラ・バリエールで過して帰って来たのだった。ベルトも締めず、襟をはだけたままの仕事着は、労働の貴《とうと》い汚れの跡を全く留めていなかった。泥濘《ぬかるみ》から拾い上げたらしい帽子を手にしていた。髪は乱れ、眼は据わり、顔は酔いで蒼白《そうはく》になっていた。よろめきながら入って来て、荒っぽく辺《あた》りを見回し、ジュヌヴィエーヴの名を叫んだ。

彼女は夫の声を聞いて、ぎくっとし、店の奥から飛び出して来た。身体を安定させようとしてもできない惨めな夫の姿を見て、彼女はぎゅっと子どもを抱きしめ、泣きながら屈《かが》み込んだ。

百姓女と近所のかみさんも、その後を追って店へ出て来た。

「さあ！　さあ！　払ってくれる積りがあるのかどうかね？」と、百姓女は激怒の声を張り上げた。

「お金なら旦那に貰いなよ」と、勘定台にぐったりもたれ掛かっている指物師を指差しながら、近所のかみさんが皮肉たっぷりに言った。

百姓女は彼の方に視線をやった。

「ああ！　あれが父親なんだ」と、その女はまた叫んだ。「なんてぐうたらな亭主だ！　真面目に働いているあたしたちに払う金が一文もないというのに、葡萄酒なんか飲んであんなに酔っぱらって」

　泥酔者は頭を上げた。

「何！　何だと！」と、彼は口籠りながら言った。「葡萄酒だなんて言ってる奴はどいつだ？　ブランデーしか飲んじゃあいねえぞ！　だが、これから、葡萄酒を飲み直しに、もう一遍引き返すんだ！　おい、お前の臍繰《へそく》りを寄こせ。ペレ・ラテュイユ[*2]では俺の仲間たちが待ってるんだ」

　ジュヌヴィエーヴは一言も返事をしなかった。すると、彼は勘定台を廻って、抽斗《ひきだし》を開け、中を引っ掻き回し始めた。

「この家のお金が何処へ消えていくか分かるだろう」と、近所のかみさんが百姓女に言った。

「旦那が全部掻《か》っ攫《さら》うんだもの、この憐れで可哀そうな人がどうして払えるかね？」

「そんなこと、私の知ったことじゃあないよ」と、里親は憤慨して言った。「私に借りがあるんだよ。何としても、払って貰わなきゃならないんだ！」

　田舎女がよくするように、あの止めどのない言葉の流れに任せて、これまで、自分が子どもにどれだけ尽くして来たか、そのためにどれだけの経費をかけたかなどの繰言《くりごと》を、長々と喋《しゃべ》り始めた。これらのことに纏《まつ》わる記憶を呼び起こすにつれ、自分の権利を一層強く確信するようになったらしく、百姓女の激怒は、一段と募っていくように見えた。彼女の激情が子どもを怖がらせるのではないかと恐れた可哀そうな母親は、再び店の奥へと駆け込んで行って、子どもを揺籠《ゆりかご》に寝かせた。

百姓女は、その行動を見て、彼らが自分の要求を逃れる決意をしたと受け取ったのか、それとも怒りに眼が眩《くら》んだためだったのかはよくは分からないが、再び、奥の部屋へ飛び込んで行った。すると、たちまち、口論が始まり、やがて子どもの泣き声がそれに混《ま》じって聞えて来た。ずっと抽斗《ひきだし》の中を引っ掻き回し続けていた指物師は、驚いて頭を上げた。

丁度その時、ジュヌヴィエーヴは、百姓女が奪い取ろうとしている子どもを腕に抱き抱えて、店の戸口に再び戻って来た。彼女は勘定台の方へ走り寄り、夫の背後に身を隠して、叫んだ。

「ミシェル、あんたの息子を守って！」

酔っぱらった男は、まるで驚いて眼を覚ました人のように、すっくと立ち上がった。

「俺の息子！」と、彼は口籠った。「どんな息子だ？」

彼の視線が赤児の上に落ちた。微《かす》かな理性の光が彼の顔を過《よ》ぎった。

「ロベールだ」と、彼は言った。「この子はロベールだ！」

彼は赤児を抱き取ろうと、両足を踏ん張ったが、よろめいた。里親が怒りに燃えて詰め寄って来た。

「お金を払ってくれ、でなきゃ、子どもは貰って行く！」と、彼女は叫んだ。「食べさせて、ここまで育てたのはこの私だよ。養育にかかった経費も払わないんなら、この子は死んだものと思うんだね。お金か赤児か、どちらか貰うまでは、絶対に帰るもんか」

「この子を連れてって、どうする積りなんだろう？」と、ロベールをしっかりと胸に抱き締めながら、ジュヌヴィエーヴは呟《つぶや》いた。

「捨て子ってことにするのさ！」と、百姓女は冷やかに答えた。「孤児院の方がお前さんたちよりよっぽどましな親だよ。子どもの養育費だって、出してくれるからね」

〝捨て子〟という言葉を聞いて、ジュヌヴィエーヴは恐怖の叫び声を挙げた。彼女は息子の身体を両腕でしっかり抱き、その頭を自分の胸に隠し、壁際まで後ずさりして、わが仔を守る雌ライオンのように、壁を背にして立った。近所のかみさんと私は、どのように仲介に入ったらよいものか分からないまま、その場面をじっと眺めていた。一方、父親のミシェルは、すべての事情を呑み込もうとしているらしいことは誰の眼にも明らかであった。彼は私どもの顔を代わる代わる眺めていたが、視線がジュヌヴィエーヴと子どもの上に止まったとき、喜びの色がその眼に輝いた。しかし、彼が私どもの方を振り向いたとき、また再び、正気を失ったような躊躇《ためら》いがちな様子に戻った。

やがて、彼は必死の声を振り絞って、「待った！」と、大声で叫んだそれから、水を張ってある桶の方へ歩いて行き、その中へ頭を何度も突っ込んだ。皆の眼が彼の方へ向けられた。百姓女自身もドキッとしたようだった。やがて、彼は滴《しずく》の垂れる頭を持ち上げた。この禊《みそぎ》が彼の酔いを幾分か醒ましたようだった。彼は暫らく私どもの顔を眺め、それから、ジュヌヴィエーヴの方を向いた。彼の顔が少し明るくなった。彼は子どもの方へ近づいて行き、腕に抱き取りながら、「ロベール！」と、叫んだ。「おい！子どもの顔を見せろ。顔が見たいんだ！」

母親はしぶしぶと子どもを渡したが、落されないかと怖がって、両腕を大きく拡げたまま、彼の前から離れようとしなかった。里親は、自分の番が来たとばかりにまた喋り始め、同じ要求を繰り返した。今度は、法の裁きを受ける、と言って脅《おど》した。初め、ミシェルは一心に耳を傾けていたが、相手の言っている意味がようやく呑み込めると、彼は抱いている子どもを母親に返した。

「いくら払えと言うんだ？」と、彼は尋ねた。

百姓女は様々な経費を並べ立てて、その総額が三十フラン近くになった。指物師はポケットの底を探ったが、一文も見つけることはできなかった。額にしわを寄せ、渋面になった。呻くような罵《ののし》りの言葉が、彼の唇から漏れた。突然、彼は懐中を探り、そこから大ぶりな時計を取り出して、それを頭上高く掲げて、

「ここにあったぞ！　金があるぞ！」と、愉快そうに笑いながら叫んだ。「懐中時計だ！　飛びっきり上等な品なんだ！　喉が渇いた時の飲《の》み代《しろ》にとって置こう、といつも言っていたんだが、こいつを飲むなあ、俺じゃあなくて、この坊やだ。ああ！　こいつをお金に代えて来てくれないかね、お隣のおかみさん。もし足りなきゃあ、耳飾りもあるさ。さあ！　ジュヌヴィエーヴ、外してくれ、この耳飾りで借金はお仕舞だ！　お前が子どものことで面目《めんぼく》を潰《つぶ》したことがあるなどと、俺は世間の人に言わせたくなんいだ。そうだ、たとえ自分の肉の一切れを質に置いたって、そんなことは言わせないぞ！　時計も、耳飾りも、指輪も全部、金細工商に売り払ってしまえ。そうして、その女に払ってやり、息子を寛《くつろ》いで寝かせてやってくれ。寄こしな、ジュヌヴィエーヴ、俺が寝かせてやろう」

そう言って、母親の腕から赤児を受け取ると、彼はしっかりとした足取りで、店の奥の揺籠《ゆりかご》の方へと入って行った。

この日からミシェルに見られた変化は、誰の眼にも明らかであった。彼は以前からの飲み仲間皆とも縁を切った。毎朝早く仕事に出掛け、夕方には決まった時刻に帰って来て、ジュヌヴィエーヴやロベールと一緒に過ごした。やがて、彼は家族とひと時も別れていたくないと思うようになり、果物屋の近くに自分の店を一軒借りて、そこで自立して働くようになった。子どもに経費がかからなかったら、その一家の暮らしは程なく楽になっていったであろう。

しかし、稼ぎのすべてが子どもの教育のために捧げられた。ロベールは正規の学校教育を受けて、数学、製図、設計を学び、やっと数か月前から実地に働き出したばかりであった。彼らは、息子を専門職業の上では、一歩でも抜きん出させてやろうと、それまで懸命に働いて蓄えていた貯蓄をすべて使い果たしてしまったのだった。しかし、幸いにも、そうした努力は決して無駄ではなかった。種子はその実を結んで、収穫の日も近づこうとしていた。

私がこうした回想に耽っている間に、ミシェルがやって来て、指示しておいた場所に本棚の取り付けを始めた。

日記のためのメモを取りながらだが、私は改めて指物師の仕事振りをつくづくと眺めた。

若いころの不摂生と成人してからの無理な仕事とが、ミシェルの顔に深い皺を刻んでいた。頭髪は薄くなり、既に霜を置いていた。また、肩は前屈《まえかが》みになり、脚は痩せて、少し湾曲して来ていた。身体全体に生気がなくなって来たようだ。顔付きにも悲哀と落胆の様子が窺われる。彼は私の問い掛けにもそっけなく反応したので、他人と余り話したがらないのではないかとも思えた。望みはすべて適っていると思えるのに、一体、いつ頃から、このように元気がなくなったのだろうか？　私もその理由を知りたい！

十時。——ミシェルは家に忘れて来た道具を取りに、今、階下へ下りて行ったところだ。私は、遂に、彼とジュヌヴィエーヴ二人の悲しみの秘密を引き出すことができた。彼らの息子ロベールがその原因であった。

それは、両親の細心な庇護を裏切って、落胆させるような子どもに育っていたからではなく、また、怠け者、或いは、道楽者であったからというのでもなかった。彼ら二人は、息子のロベールが自分たちの許を離れないことを強く願っていたからであった。彼が家庭にいるだけで、二人の生活が一新されるばかりでなく、生活そのものにも張りが出て来る、と思っていた。母親は、その日を指折り数えて待っていたし、父親もまた、愛すべき仲間を迎えるために一切の準備をしていたのであった。ところが、こうして、彼らが払った犠牲が報われようという矢先に、ロベールが、突然、ヴェルサイユの、ある請負師と契約を交わしていたことを告げたのであった！

どんな説諭も諫言《かんげん》もすべて無駄であった。彼は、重要な契約なので細部まで厳守することの必要性、将来、自分の仕事で伸びていくためには、その新しい地位に就いておくことの利便性、自分の知識を実地に試してもみたいという希望などを力説して止まなかった。遂に、母親が、言葉に窮して泣き出したので、彼は急いで宥《なだ》め、もうこれ以上の干渉は受けたくない、と家を出て行ってしまった。

彼はもう一年間も不在で、今のところ、家へ帰って来る気配は全くない。両親は月に一度彼に会えればよい方であった。それもほんの僅かな時間であった。

「私は今までの苦労に報いて貰ってもよいだろうと思っていましたが、罰を受ける破目になってしまいました」と、ミシェルは、先刻も、私に言った。「私は倹約家で、働き者の息子を望んでいたのです。ところが、神様は野心家で、貪欲《どんよく》な息子をお与えくださった！　一人前の人間になったら、いつも、私の側《そば》に置いて、私たちの若い頃を回想したり、また、励ましても貰おうと、かねがね心の中で念じて来ました。母親は母親で、彼を早く結婚させて、孫の世話をしたいとばかり考えていました。ご承知のように、女性はいつまでも、誰か他の人のことで忙しくしていたいのですからねえ。私も、息子と一緒に働いて、流行の新しい歌でも歌うのを聞きたい、と思っていました。というのは、あれは音楽をやっていて、ロルフェオン*3では、一番の歌い手の一人だったからです。これも、全く、叶わぬ夢となりました！　空を飛べるようになったと思ったら、家を飛び出してしまいました。あいつはもう両親のことなんか覚えてはいませんよ。昨日は帰って来る筈の日だったんです。三人で一緒に夕食を摂ることになっていました。今日になっても、ロベールの姿はありません。仕上げなければならない設計図でもあるのか、済まさなければならない取引きでもあるのでしょう。年老いた両親のことなどは、お得意先や指物よりも、後回しにされるんです。ああ！　先が読めていたらよかったのです！　馬鹿でした！　こんな恩知らずの息子の教育に、二十年近くも、楽しみやお金を犠牲にして来たのです！　酒を止め、友だちとの付き合いも控え、近所の手本になろうと苦労した報いがこれなんですから。あっしも若い時にゃあ少しは元気もあったんですが、今じゃあ、全くの役立たずです。ああ！　もう一度若くなれるものなら！　それに、妻や子どもが悩みの種になるなんてお手上げですよ。彼らは私の気持ちを和らげてくれるばかりでなく、希望と愛情の生活を提供してくれる筈だったんです。老齢になってからはすべての面で自分の代わりをさせようと、人間の一生の四分の一は、穀物の種の成長に精を出すのですが、いざ収穫の時期になって、はい、さようなら、穂は空《から》っぽって訳なんです！」

　こんな風に話している間に、ミシェルの声はしわがれ、眼は厳しさを増し、唇は震え始めた。私は彼の言葉に応《こた》えねばと思ったが、有り触れた慰めの言葉しか思いつかなかったので、黙っていた。指物師は、道具が要るということを口実に、部屋から出て行った。

　可哀そうな父親！　ああ！　善行が報いられない場合に、その善に従ったことを悔いる、あの悶々の時があることは、私にもよく分かる！　善なる行為を行っていて、その善のひ弱さを感じない者が誰かいるだろうか？　あのブルータス[*4]よ、という悲痛な叫びを、少なくとも一度も発したことがない、という者が誰かいるだろうか？

　しかし、もし〝善が単なる一片の言葉に過ぎない〟としたら、人生に真実で、真摯《しんし》な何物があるだろう？　いや、私は、善が空しいとは絶対に思わない。それは、私どもが望む幸せを必ずしももたらさないかも知れないが、何か他の幸せを必ずもたらすからである。世の中のすべてのものは、秩序に支配されていて、所を得て納まるべきところに納まっている。勿論、善だけが、この一般法則から外れることはあり得ない。たとえ善がそれを行なう人たちに損害を招くとしても、それから得られる経験が、その埋め合わせをしてくれる。そして、経験は、彼らの視野をより広くし、彼ら自身をより健全にする。私どもが善から直接的な報いを得ることができないと言って非難するのは、それは、私どもが五感に訴えるような直接の報いを求めるからである。私どもは人生を常に一つの寓話だと考える。そこでは、あらゆる善行が、目に見える不思議な出来事によって報いられなければならないのである。私どもは、平安な良心とか、自分自身の心の満足とか、人々の間の名声とか、——これらは他の何物にもまして貴重な宝物なのだが、失って初めてその価値が分かるものなので、——それらを決して善の報いをするものとしては認めないのである。

ミシェルが忘れた道具を持って戻って来て、再び仕事に取り掛かった。息子はまだ帰って来ていなかった。

彼は、希望と悲痛な失望とについて話しているとき、興奮して来て、何度も同じことを繰り返し、その度に、何かしら新しいことを付け加えた。最後に彼は、ある指物師の店を買い取って、息子のロベールと協力してやっていく計画を立てていた、と打ち明けた。現在のその店の主人は、そこでの商売で一財産を築いていた。三十年間働いて、その店主は、郊外の花壇付きの小さな家――それは望みを達成したつましい労働者のお定まりの隠遁所であるが、――そこへ隠居しようと考えていたのである。一方、ミシェルには、店の買取りに即金で支払わなければならない二千フランのお金が手許になかった。だが、彼は、その店の主人のブノワに、少し待って欲しい、と話をすることは恐らくできたであろう。ロベールの存在が、彼には保証になったであろう。なぜなら、ロベールなら店舗を繁盛させることができるに違いないからであり、学識と技量とに加えて、彼は発明したり、改良したりする才能を持っていたからである。彼の父は、息子の製図の中に、長い間考えに考え抜いた階段の新形式のプランがあることに気づいていた。そのプランを、是非実用化してみたいという目的だけで、ヴェルサイユの請負師と契約を結んだのではないのか、と息子のことを疑いさえしていたのだった。この青年は、自分の思考のすべてを奪ってしまうほどの発明という亡霊に取り付かれ、苦しめられていた。そして、研究に没頭するあまり、彼は良心の声を聞く暇を持つことができなくなっていたのであった。

ミシェルは自尊心と腹立たしさとが複雑に入り混じった心持ちで、これらの話を私にしてくれた。彼は息子を咎《とが》めているようだが、実は、自慢に思っていることと、自慢に思うがために、より一層、両親を顧みないことに敏感になっているのだということが、私にはよく分かった。

午後六時。――私は幸せな一日を終えた。数時間の間に、どれほどの出来事が起こり、また、ジュヌヴィエーヴとミシェルとに、どのような変化が起ったことだろう！

彼は本棚を取り付ける仕事を終え、息子のことを話すのも止めた。一方、私は夕食の支度をしていた。

すると、突然、慌《あわただ》しい足音が廊下に響き、ドアが開けられ、ジュヌヴィエーヴがロベールと一緒に入って来た。

指物師は嬉しい驚きに、はっとしたようであったが、不快の表情をそのまま続けようと、直ぐにそれを抑《おさ》えた。

若者は、そんなことには気づいていない風であった。彼は、私を驚かせるほどの打ち解けた態度で、父の腕の中へ飛び込んでいった。幸せで顔を輝かせていたジュヌヴィエーヴは、何か話したくて堪《たま》らないようであったが、何とか自制している様子であった。

私がロベールに挨拶をすると、彼は、自然に、しかも礼儀正しく挨拶を返した。

「昨日、待ってたんだぞ」と、ミシェル・アルーはそっけなく言った。

「済みませんでした、お父さん」と、若い職人は答えた。「サン・ジェルマン[*5]に用事があったんです。大変遅くなるまで帰れなくて、それに、帰れば帰ったで、また、親方に捕《つか》まってしまったのです」

指物師は横目で息子をちらっと見たが、また、金槌を取り上げた。

「当たり前さ」と、彼は不平口調で呟《つぶや》いた。「他人様の飯を食ってりゃあ、言われる通りにするのが道理じゃ。だが、主人のフォークでヤマウズラを食べるより、自分のナイフで黒パンを食べた方がよいと思う人間もいるさ」

「私もその一人なんですよ、お父さん」と、ロベールは愉快そうに答えた。「諺にもあるように、『豆を食うには莢《さや》をむかなきゃあならない』んですよね。私には先ず大きな仕事場で働くことが必要でした」

「それは、お前の階段の例のプランを進めるためだろう」と、ミシェルは皮肉たっぷりに相手の言葉を遮《さえぎ》った。

「いや、今じゃあ、レイモン・プランと言わなきゃあならないんです、お父さん」と、ロベールは笑顔で答えた。

「なぜだい？」

「権利を彼に売ったからですよ」

板を削っていた指物師は、素早く振り返った。

「何？　権利を売ったと！」と、彼は眼をきらきら輝かせて言った。

「ええ、僕が呉れてやるほどの金持ちじゃあないからですよ」

ミシェルは板と鉋《かんな》を放り出した。

「ほら、またぞろ仕出かした！」と、彼は憤慨して言った。「自分を世間に売り出せる絶好の考えをだな、折角、神様のお陰で授けて貰っているというのに、それを金持ちに売って、そいつの名誉にするってことがあるか？」

「でも、そうしたからって、どこが悪いんですか？」と、ジュヌヴィエーヴが尋ねた。

「どこが悪いって？」と、指物師は感情を剥《む》き出しにして叫んだ。「お前なんかに分かるか――所詮、女なんだから。だが、こいつ――こいつには分かっている筈だ。本当の職人はな、軍人が勲章を金で譲り渡さないようにだよ、絶対に自分の発明を金で他人に売るような真似はしないんだ。発明は自分の名誉なんだ。それが与えてくれる名誉のために、どこまでも守っていくべきものなんだ！　ああ！　畜生！　仮に俺が発明したとしたら、競売なんぞにかける位なら、眼の片方をくれてやったと思うよ！　新しい発明はな、職人にとっちゃあ、子どもみていなものなんだ、こんなことも分からんのか？　最後まで、その面倒を見て、育て上げ、世の中に出る道をつけてやるもんなんだ。それを売ったなんて、全くだらしない男だ！」

ロベールは少し顔を赤らめた。

「だけど、お父さん、お父さんのお考えが変わりますよ」と、彼は言った。「私がプランを売った本当の理由をお知りになったら」

「そうなんです。きっと感謝しますよ」と、これ以上黙っていられなくなったジュヌヴィエーヴが付け加えた。

「感謝なんか金輪際するもんか！」と、ミシェルは言った。

「何てひどい人！　お前さんったら」と、彼女は叫んだ。「この子は、私たちのことを思って売ったんですよ」

指物師は呆《あき》れ顔をして妻と息子を見た。そこで、経緯《いきさつ》の説明が必要だった。ロベールは、先ず、店主であるブノワ親方とどんな風に交渉したかを話した。親方は、二千フランの半額が入金されなければ、店を売るという話は止めだ、と言った。このお金を工面するために、ロベールはヴェルサイユの請負師と契約することになったのだった。彼は、その男のところで、自分の発明プランを試して見て、買い手を見つけることができた。受け取ったお金のお陰で、ブノワとの取り引きを済ませて、新しい仕事場の鍵を父のところへ持ち帰っていたのであった。

この説明が、若い職人によってとても謙虚に、しかも、整然となされたので、私は感動してしまった。ジュヌヴィエーヴは泣いていたし、ミシェルは息子をしっかりと腕に抱き締めていた。その長い抱擁の間に、彼は息子を不当に責めたことを詫びているように見えた。

今はもう、そのすべての説明がロベールに対する名誉を引き出し、誤解はすべて解けてしまった。両親が、息子の無関心の所為《せい》にしていた家に寄り付かなかったことも、実は、彼らに対する思いやりから出ていたのだ。彼は野望とか貪欲《どんよく》とかの声に従ったのではなく、また、それらのものよりはずっと高尚な発明の才に刺激されての行為でもなかった。彼の動機と目的のすべては、ただジュヌヴィエーヴとミシェルとの幸せにあったのだ。彼の感謝を立証する日が遂に来たのだ。ロベールは犠牲をもって犠牲に応えたのであった！

説明や喜びの叫びが一先ず静まると、三人は揃って私の家を立ち去ろうとした。しかし、もう食卓の用意ができていたので、私は更に三人分の席を整えて、食事を摂って帰るようにと彼らを引き止めた。

食事は長引いた。大したご馳走もなかったが、溢れるばかりの愛情が食事を美味なものにした。言葉に表わせないほどの家庭愛の魅力を、この時ほど、私は身に沁みて感じたことはなかった。互いが常に分かち合う喜びの中に、また、様々の思いを結びつける利害の一致の中に、また、幾つかの存在をただ一つの存在に結合する共同生活の中に、何という楽しさがあることよ！　これを樹木に譬《たと》えれば、沢山の根でもって、大地にしっかりと自分を固定させ、生命に必要なあらゆる養分を吸い上げさせる、あの家庭の愛情がなければ、人間はどうなってしまうだろうか？　活力源も幸福もすべては、家庭から発するのではないだろうか？　もし家庭の生活が健全でないとすれば、人間はどこで、愛したり、他人と付き合ったり、我慢したりすることを学ぶのであろうか？　小さな社会が、大きな社会での生き方を私どもに教えてくれるのではないのだろうか？　家庭の神聖さは、私どもと神との関係を言い表わすのに考え出された、あの言葉を借りなければならないほど偉大なのである。人間は、〝天に在《ましま》す父の子ら〟と呼ばれて来たのだ！

ああ！　この家庭の強固な結びつきをこそ維持していこう。この人と人との結びつきの束を解いて、偶然と風とのあらゆる気紛れに、穂を四散させるような真似はすまい。むしろ、この聖なる掟を拡充し、家庭の道義や習慣をその外にまで波及させ、そして、できるならば、異教徒の使徒ポーロ[*6]が、キリストの新しい子らに向かって叫んだ時の「一体にして一心なる汝ら、一なる愛情をもて一致せよ」というあの祈りを実現しよう。

〔訳者注〕

＊1　「聖月曜日様の信者」：週が明けて、月曜日になってもまだ仕事に戻らないで飲み続けるような道楽な職人のこと。

＊2　ペレ・ラテュイユ：居酒屋の店名。

＊3　ロルフェオン：フランスの各都市に設けられていた男声合唱団。

＊4　ブルータス：マルクス・ユニウス・ブルトゥス（紀元前前八五〜四二）。ブルータスは英語読み。古代ローマの政治家。終身独裁官カエサル殺害の首謀の一人。「ブルータスよ、お前もか」は、カエサルが暗殺されるとき、一味の中に信頼していたブルータスがいることを見つけて発した言葉。

＊5　サン・ジェルマン：パリの北西約一九キロメートルのセーヌ左岸の町。

＊6　使徒ポーロ：キリスト教使徒のパウロ（一〇？〜六五？）のこと。ユダヤ人（ユダヤ名はサウロ）で熱心なユダヤ教徒だったが、のち回心し（サウロの回心）、キリスト発展の基礎を作った。

第十章

祖国

十月十二日、午前七時。——夜が冷え、しかも長くなって来た。カーテンを明るく照らす太陽も、今までほど早くは私を目覚めさせない。眼が覚めてからも、寝床の中の心地よい温もりが、私をしっかりと羽根布団の下に捕らえて放さない。こうして、毎朝、私の活動と怠惰との間に、長い内心の葛藤が始まる。そして、私は、眼元までしっかりと夜具を引き被《かぶ》って、あのガスコーニュ地方*1の男性のように、両者が上手く妥協点に達するまで待つのである。

しかし、今朝は、ドアの隙間から洩れて来て枕許を照らす朝日が、いつもより早く私を目覚めさせた。あちこちと寝る位置を移動させても無駄であった。執拗なその光線は、まるで勝ち誇った敵軍のように、私をどこまでも追いかけて来る。遂に、我慢しきれなくなって起き上がり、ベッドの足許にナイトキャップを投げ捨てた！

（脇道に外《そ》れるが、ここで一寸、私の観察に耳を貸して貰うことにする。このナイトキャップといういかにも温和な被《かぶ》り物の様々な被《かぶ》り方が、昔から、人間の心の激しい動きを象徴して来たように思う。というのは、私どもが日常よく使う言葉が、その被《かぶ》り物から、比喩的な表現を借りているからである。例えば、次のような言い回しがある：「ナイトキャップを横っちょに被る」は「ご機嫌斜め」、「風車の上へナイトキャップを放り上げる」は「傍若無人《ぼうじゃくぶじん》の振舞いをする」、「ナイトキャップの傍《かたわ》らに頭を置く」は「些細《ささい》なことで怒る」などのことを意味する。）

兎も角、私は寝床の上に身体を起こしはしたが、ひどく不機嫌であった。そして、私がもう少し寝ていたいと思っているのに、奴《やっこ》さんの方はもう起き出して、私にも起きる決心をさせる。この新来の隣人に対して不平を投げつけた。私どもは皆、よくこんな不平を漏らすのだが、他の人はまた他の人で、その人流の生活をしている、ということが理解できていないからであろう。私ども銘々は、プトレマイオス[*2]の古い宇宙観による地球に似ているところがあって、宇宙全体を、自分を中心に回転させることができると考えている。この点、先に触れた比喩を用いて言えば、「すべての人間は一つのナイトキャップに頭を入れている」、つまり、「すべての人間は同じ意見や趣味を持っている」ということになる。

差し当たり、私はナイトキャップをベッドの足許に放り投げ、隣人を持つことの不都合さについて、何かにと不機嫌な思いをめぐらせながら、ゆっくりと温かい夜具から足を出した。一か月前までは、偶然に隣り合わせに住むことになる人たちに対して、格別不平を言う必要はなかった。彼らの大部分はただ寝に帰るだけで、朝起きると直ぐに出かけて行ったからだ。だから、私は殆どいつもこの最上階にたった一人で、雲と雀だけを相手に暮らしていた。

しかし、パリでは、何一つ永続するものはない。人生の潮流は、まるで岩から引き離された海草のように、人々の運命を漂わせる。共同の住み家は、乗客を乗せる船のようなものだ。どれほど多くのそれぞれ違った顔が、次々に、屋根裏部屋を繋ぐ廊下を通って姿を消して行ったかを、私は見て来たことか！　どれほど多くの短時日の同宿者が、永遠に姿を消したことか！ある者は、必然の天罰を受けて、旋回するあの生々しい渦に巻き込まれて姿を消し、また、ある者は、神の御手に導かれて、死者の寝床での眠りへと姿を消した！

製本師のピエールは、後者の範疇《はんちゅう》に属する一人であった。自己本位の殻に閉じ籠っていた彼には家族もなく、友人もなく暮らしていた。そして、一人寂しく死んでいった。彼の死は誰からも悼《いた》まれず、また、この世の中を掻き乱すということもなかった。ただ墓地の穴が一つ塞《ふさ》がり、共同住宅の部屋が一つ空《あ》いただけであった。

私の新しい隣人が数日前に入居して来たのは、そのピエールの部屋へである。

実を言うと、（今は完全に眼が覚めて、私の不機嫌さも、どうやらナイトキャップのところへ行こうとしていた。つまり、機嫌も直りかけていた）この新しい友人は、早起きで、私のような怠け者にとっては都合が悪いのだが、それでも、とても善人であることには違いない。大抵の人が自らの運命をどのように担《にな》って行けばよいかに戸惑うのに、彼は、自分の不幸を、幸運な人でもが容易に及び難いほどの快活さと節度とをもって、しっかりと受け止めている。

それにしても、運命は、彼をひどく苦しめて来ていた。ショーフル老人は、いわば、人間難破船と言ってもよかった。片方の腕の代わりに、空っぽの袖がぶら下がっており、左の足は轆《ろく》轤《ろ》職人が作ったものであり、右の足も難しそうに引き摺りながら歩ける程度のものであった。この肉体の廃墟とでも言うべきものの上に、穏やかで幸せそうな顔が載っていた。平静な、活力を秘めた顔を眺め、また、善意の籠った、力強い澄んだ声を聞くと、半ば破壊されたその肉体の中にも、魂は全く損なわれずに存《そこ》在していることを感ずることができた。その老人が言う通り、要塞《ようさい》は少しばかり損害を蒙ってはいるが、守備隊はまだまだ健在であったのだ。

この並外れた老人のことを考えれば考えるほど、私が目を覚ましたとき、声には出さなかったが、彼に浴びせた中傷のことが咎《とが》められてならない。

私どもは一般に、隣人に対するこうした内心での不当な仕打ちに対して、余りにも寛大すぎるようだ。個人の思考の範囲内に留まっていさえすれば、どんなに悪いことを考えても、罪にはならないとでも思っており、そして、お粗末な正義感により、行為として外に現われない罪ならよく調べることなく気軽に赦《ゆる》してしまう。

私どもは、法律に強制されて、他の人たちと結び付けられているだけなのだろうか？　こうした外的な関係の他に、人間相互間には、心情に関わる重大な関係があるのではないのか？　私どもと同じ天を戴くすべての人たちから、単に行為による支援だけでなく、意志による支援も受けているのではないのか？　すべての人の一生は、平安な旅路を祈りながら進む船のようなものであるべきではないのか？　人間が互いに損傷し合わないというのでは充分ではない。互いに助け合い、互いに愛し合わなければならないのだ！　教皇の祝福のお言葉、「ローマのみならず、全世界に及ぶべし」という言葉こそ、すべての人の心からの永遠の叫びでなければならないのだ。

咎《とが》めるべきでない人を咎《とが》めることとは、たとえそれが心の中だけであっても、また、偶然に思いついたことであったとしても、あの偉大な掟《おきて》、即ち、この地上に魂の結合を確立させ、そして、それに父キリストが愛という優しい名前を与えたあの掟《おきて》に、背《そむ》くことになる。

服の着替えが終わったとき、こうした反省が私の心に起こった。そこで、私は、ショーフル老人こそ、私から償いをして貰う権利がある、と考えた。今朝方、私が彼に対して抱いた悪意の感情の償いをするためには、何か明白な同情の証拠を示さなければならない。彼の部屋から歌声が聞えて来る。彼は働いているのだ。私は隣人としての訪問を、先ず一番に、彼に対してしようと心に決めた。

午前八時。――随分寒くなって来たのに、ショーフル老人は火も焚《た》かず、煤《すす》で汚れた小さなランプに照らされた机を前に、大きなボール紙箱を作っていた。彼は低い声で流行《はや》り歌を口ずさんでいた。私が部屋に入ると直ぐ、驚きと喜びの叫び声を上げた。

「えっ！　あなた様でしたか？　お隣のお方だ！　まあ、お入りください！　あなたがこんなに早起きだとは思っていませんでした。だから声を抑《おさ》えて歌っていました。あなたを起こしてはいけないと思いましてね」

見上げた人だ！　私はこの人のことを悪魔呼ばわりしていたのに、この人は私のことを気遣ってくれていたのだ！

こう考えると、私は感動した。彼が、私の隣人になってくれたことに、心からの歓迎の言葉を述べた。それを聞いた彼は忽《たちま》ち心を開いて、

「成るほど！　あなたはどう見ても立派なキリスト教徒です」と、軍人らしい真心を込めた声で、私の手を握りながら言った。

「私は上陸地点を国境（つまり、廊下を国境）と考えて、隣の人間をコサック兵*3のように扱う人は好きではありません。同じ空気を吸って、同じ言葉を話しているのに、お互いが背中を向

き合わせることはありませんものね。どうぞご遠慮なくお掛けください。ただ、その腰掛には気をつけてくださいよ、脚が三本しかないんです。善意が四本目の脚の代わりをしてくれています」

「善意は宝物ですよ。この部屋には、それが溢れているようですね」と、私は言った。

「その善意なんですがね」と、ショーフルは繰り返した。「母親が残してくれたのは、ただそれだけなんですが、世間のどんな息子も、私ほど貴重な財産を残して貰った者はいない、と思っています。だから、砲兵隊じゃあ、皆が私のことをムシュ・コンタン（満足している男）と呼んでいましたよ」

「じゃ、あなた軍人だったんですか?」

「共和制時代には砲兵第三連隊に、それから、動乱期にはずっと近衛隊[*4]にいました。ジェマプの戦い[*5]にも出ましたし、ワーテルローの戦い[*6]にも出ましたから、俗な言い方をすれば、栄光の洗礼にも、葬式にも、両方に立ち会ったということになります!」

私は驚いて彼の顔を見詰めた。

「では、ジェマプの戦いの時は、幾つだったんですか?」と、尋ねた。

「十五歳かそこいらでした」と、彼は答えた。

「そんなに若くって、どうして軍人になろうなどと思ったんですか?」

「深く考えた訳ではなかったんです。当時、ある玩具の製作所で働いていました。その頃、フランスが、私に将棋盤《チェッカーばん》とか、バドミントンの羽根とか、けん玉などを作る以外のことを要求するなんて、夢にも思っていませんでした。ところが、私には、ヴァンセンヌ[*7]に高齢の伯父が一人いて、時々、訪ねて行っていました。彼はフォントノワの戦い[*8]に出た退役軍人でしたが、私と同じで、余りうだつの上がらない人でした。しかし、才能には大層恵まれていたので、私は、元帥の階級にまで昇ることができる人だ、と思っていましたよ。だが、不幸にも、当時は、一般庶民が出世する途は開かれていませんでした。ナポレオン皇帝の時代だったら、公爵にして貰えたほどの戦功をたてたのですが、伯父はただの少尉で退役になりました。だが、軍服を着て、サン・ルイ勲章[*9]をつけ、義足を履き、白い口髭をたくわえた端正な顔立ちの伯父を、あなたに一目お見せしたかったです。彼は、本当に、ヴェルサイユ宮殿に掲げてある鬘《かつら》を冠《かぶ》ったあの老英雄たちの一人の肖像と見紛《みまが》うほど立派な人でした。

「訪ねて行く度に、いつまでも記憶に残るようなことを話してくれましたが、ある日のこと、ひどく厳粛な顔付きをしていました。

「『ジェロム』と、彼は言いました。『国境でどんなことが起こっているか、お前知っているか？』

「『いいえ、伯父さん』と、私は答えました。

ありました。

「『では』と、彼は言いました。『今、わが国が危《あぶ》ないんだ！』

「私には伯父が言っている意味がよく分かりませんでしたが、その言葉には何か訴えるものがありました。

「『多分、お前は祖国とはどういうものか考えたこともないだろう』と、私の肩に手を置きながら続けました。『祖国は、お前の周りにあるすべてのものなのだ。お前を育《はぐく》んでくれたすべてのものだ。お前が愛したすべてのものだ。お前が見ているこの野原、この家々、この樹々、向こうを笑いながら通るあの娘たち、これらが祖国だ！　お前を保護する法律、お前の労働の代価となるパン、お前が人々と取り交わす言葉、お前の周りの人々や物から来る喜びや悲しみ、これらが皆祖国なのだ！　お前が昔お前の母親を目《ま》の当たりにしたあの小さな部屋、母親がお前に残した思い出、母親が眠っている土地、これらが皆祖国なのだ！　どこにいても、お前はそれらを見、それらを呼吸しているのだ！　お前の権利と義務、お前の愛情と欲望、お前の過去の恩恵と現在の恩恵などのことをよく考えてみろ。これらすべてのものを一つの名前で括《くく》って書いてみよ。その名前こそが祖国なのだ！』

「私は感動に震えていました。そして、眼に一杯涙を溜めていました。

「『ああ！　分かりました、伯父さん』と、私は叫びました。『祖国は大きな家庭です。それは、神様が私たちの肉体と霊魂とを結び付けているこの世界の一部分です』

「『全くその通りだ、ジェロム』と、老兵は言葉を続けました。『だから、私たちが祖国に何を負っているか分かるだろう』

「『勿論、分かります』と、私は言いました。『私たちが今日あるのは祖国のお陰です。それは愛の問題です』

「『そしてまた、誠実さの問題でもあるんだ』と、彼は結びました。『家庭の一員でありながら、仕事のことでも、幸福になることでも、役割を分担して貢献しようとしない者は、自分の義務を果たさない、家族の一員としての資格のない人間だ。共同体の一員でありながら、力の限りを尽くし、勇気を振り絞り、心底からその繁栄を計らない者は、共同体のものを奪い取る、不誠実な人間だ。こうした人たちまでも含めて、祖国を持つという特権を享受していながら、祖国からの負担を担《にな》おうとしない者は、自分の名誉を蔑《ないがし》ろにする、有るまじき国民ということになるのだ』

「『では、立派な国民になるには、どうすればいいのでしょうか？』と、私は尋ねました。

「『父や母に対してするだけのことを、祖国に対してもするのだ』と、彼は言いました。

「この言葉を耳にした瞬間、私は言葉が見つかりませんでした。胸は迫り、血は血管で湧き立っていました。帰る道すがら、伯父の言葉が目の前に鮮やかに浮かび上がるのでした。私は繰り返しました。『父や母に対してするだけのことを、祖国に対してもするのだ』――ところで今、祖国が危機に陥っている。敵[*10]が祖国を攻めているというのに、私はけん玉を作っている。

「こうした考えが、一晩中ひどく私を苦しめましたので、その翌日、ヴァンセンヌへ出掛けて行って、私が軍隊に志願したことと、直ぐ国境へ向けて出発することとを少尉に告げました。伯父は自分のサン・ルイ勲章の上に私を抱き締めました。私はまるで特別な使命をおびた兵士のように、意気揚々と前線へと出で立ちました。

「こんな風にして、私は、智恵歯も生えない内から、フランス共和国の義勇兵になったのです」

自分が達成した義務のことを、別段、手柄とも重荷とも見なさないで、これらすべてのことを、快活な、しかも落ち着いた口調で語ってくれた。

話している間に、ショーフル老人は自分自身のためにではなく、話している話題のために興奮して来たようであった。明らかに、この人生という芝居において、彼を捉えていたものは、己れ自身の役割ではなく、芝居そのものであった。

こういう無私無欲さが私の心を打った。私は訪問の時間を長引かせ、彼の信頼に報いるために、私もまた、できるだけ素直に自分を曝《さら》け出した。一時間もすると、彼は私の地位や習慣まで知ることになった。私と彼とは、一見、旧知のような間柄になった。

少し前までは、彼のランプの灯りの所為《せい》で、私が不機嫌になったことまでも打ち明けた。彼は私のその告白を面白がって笑いながらも、感動して聞いてくれた。この人間味は、平穏な彼の心に由来するものであり、また、何でもを善意に解釈するところから来ていた。彼は、私が朝寝をしている間に、働かざるを得ない必要性があることについては一言も触れようとしなかったし、また、若い勤め人の安逸さと、老兵の窮乏とを比べようともしなかった。彼はただ額《ひたい》を叩いて、自分が軽率であったことを詫《わ》び、遮音のためドアの隙間に布を詰めることを約束した。

おお！　何という大きな美しい心なのだろう！　何ものにも敵意を抱くことをせず、また、ただ只管《ひたすら》に義務と博愛とを貫くことだけしか考えていないとは！

十月十五日。――今朝、私は額に入れて、仕事机の上に置いている小さな石版画を眺めていた。それは、ガヴァルニ[*11]が厳粛な気持ちで「老兵と新兵」を描いた素描画である。

そこに描かれた二人の兵士の表情は、全く違っていたが、共に生き生きと描かれているという点では同じで、これを眺めていると、彼らが本当に現存しているようにさえ思えた。私は彼ら二人が動くのが眼に見えるように、また、話をする声が聞えるように錯覚した。そして、絵全体が段々と生きた現実の場面のように見えて来た。私がその場面を、現実に眺めている人間であるようにさえ思えるのであった。

老兵は、若い兵士の肩に手を置いて、ゆっくりと歩いている。永遠に閉じられた彼の両眼は、花の咲くマロニエの枝を洩れる陽の光を、最早見ることはできない。右腕の代わりに、空《から》の袖が垂れ下がっている。義足で歩いているが、それが舗道を打つ音が、道行く人々を振り返らせている。

その絵の中に描かれた多くの人たちは、愛国的戦争の古い残骸とでも言うべき二人の兵士を眺めて、憐れんで首を傾《かし》げている。私には、彼らの溜め息とか、呪いの言葉までもが漏れ聞えて来るように思える。

「栄光の末路を見給え！」と、恐怖心から、眼を背《そむ》けながら恰幅《かっぷく》のいい商人が言う。

「人生の何という嘆かわしい過ごし方よ！」と、小脇に哲学書を抱えた青年が相槌を打つ。

「あの騎兵も、なまじ鋤を捨てない方がよかったんだよな」と、一人の農夫が狡猾な態度で付け加える。

「可哀そうなお爺さんだこと！」と、泣きそうな顔をした一人の女性が呟《つぶや》く。

老兵はこれらの言葉を聞いて、眉をひそめた。というのは、彼の手を引いている若い兵士が、考え込んだように思われたからである。周囲に聞える声に心を動かされて、彼は老人の問いには殆ど何も答えなかった。そして、ぼんやりと空間を見詰めている彼の視線は、何かある問題の解決をそこに求めているように思える。

老兵の半白の口髭がぴくりと動くのが見えたように思う。彼は急に立ち止まり、残った片腕

で若い兵士を引き止めて、

「彼らは皆私のことを哀れんでいる」と、言った。「事情がよく分かっていないからだ。だが、もし私の言い分を聞いたら、――」

「では、あなたはどう言うお積りですか？」と、若い兵士は好奇心を露《あら》わにして尋ねた。

「先ず、私を見て涙を流す女性には、その涙をもっと他の人たちの不幸に注ぎなさい、と言いたい。というのは私の傷の一つ一つは、国家に尽くした努力を思い起こさせるものだからだ。無論、義務の果たし方によっては、それを疑う余地のあるものもあろう。だが、私の場合は、疑う余地はない。私は敵の刃と弾丸とでもって刻みつけられた勲功の証《あか》しを、この身体に留めているのだ。私が義務を果たしたことを憐れむのは、義務に不誠実であった方がよかった、と言うことになる」

「それでは、あの農夫には、あなたはどう言ってやるお積りですか？」

「心配なく鋤が使えるためには、何よりも、国家が安全でなければならない。また、私どもの収穫を横取りしようと狙う外敵がいる限り、これから護るための武器が必要だ」

「しかし、こうした人生の過ごし方を嘆いて、あの若い学徒も首を傾《かし》げました」

「彼は自己犠牲と苦痛とが、何を教えるかを知らないからだ。彼が勉強している本を、たとえ私どもは読んでいなくとも、実践をしているのだ。彼が賞賛する原理を、私どもは火薬と銃剣とで護って来たのだ」

「そうです。そればかりでなく、あなたの四肢とあなたの血とで護って来たのです。あの商人は、あなたの不具になった身体を見て、『栄光の末路を見給え！』と、言いました」

「あんな男の言うことを信じてはならない。本当の栄光は心の糧《かて》になるのだ。これが自己犠牲、忍耐、勇気を養うのだ。全能の神は、それを、人間相互をより一層強く繋ぐ絆として与えてくださっている。同胞から認められたいと望むなら、その人たちに対して、尊敬と同情とを示すことではないだろうか？　尊敬への要求は愛の一側面に過ぎない。いや、真の栄光は、どんなに代価を払っても払い過ぎるということはない！　私どもが嘆かなければならないのは、寛大な自己犠牲によってもたらされる身体の破損ではなくて、悪徳や無分別が惹き起こすそれだ。ああ！　あの通りすがりに、私に憐憫《れんびん》の眼差しを投げかけて行く人たちに対して、もし私が大きな声で話し掛けることができれば、私は過度の読書のため、まだ若いのに、眼を悪くしているあの青年には、こう言ってやる。『お前さんの眼はどうしたんだ！』と。筋力が落ちてようやく脚を引き摺って歩いているあの不精《ぶしょう》な人には、こう言ってやる。『お前の脚はどうしたんだ？』と。不摂生のために神経痛に悩まされているあの老人には、こう言ってやる。『お前さんの手はどうしたんだ？』と。それから、皆には、『神が与えてくださった日々を、お前さんたちはどう使ったのかね？　同胞の利益のために使わなければならなかった才能をどうしたのかね？　もしこれらの問いに答えられなければ、国家のために不具になったこの老兵に憐れみを掛けるのはもう止してくれ。というのは、この老兵は、少なくとも、自分の傷痕《きずあと》を恥じらいもなく見せることができるのだから』と」

十月十六日。――　あの小さな石版画は、ショーフル老人の価値を一層よく理解することに役立ったので、私は益々彼を尊敬するようになった。

彼は、丁度今、私の部屋から帰って行ったところだ。彼が私の暖炉の側《そば》に仕事を持って来るか、私が訪ねて行って彼の仕事台の側《そば》で話をしないという日は一日としてない。

老砲兵は見聞が広くて、話をするのが好きだ。二十年間、彼は兵士として、ヨーロッパを旅して歩き、憎しみを持たずに敵と戦った。それは、祖国の旗の名誉のために戦うという、ただ一つの考えからであった。このことは、彼の盲信と言えば言えるものであったかも知れない。だが、同時に、それは、彼の身許証明でもあったのだ。

その当時、世界中に華々しく轟き渡っていた、〝フランス〟という言葉は、あらゆる種類の誘惑に対する護符としてその老人には役立った。偉大な名前を支えなければならないことは、凡庸な者にとっては負担に思われるだろうが、真の勇者にとっては、それは激励となる。

「実のところ、私にも、所謂《いわゆる》、〝チャンス〟はかなりありましたよ」と、先日、彼は私に打ち明けた。「悪魔と親しく付き合うようにと誘惑された場合も確かにありました。戦場は必ずしも純朴な徳の養成所ではありません。焼いたり、壊したり、殺したりすることによって、どうしても感情が荒《すさ》んで来ます。それに、銃剣が王様として支配するということになると、独裁者的な考え方がかなり強く出て来ることは避けられません。しかし、そんな時には、私は伯父が教えた祖国という言葉を思い出しました。そして、あの有名な言葉、『いつでもフランス人！』という言葉を、自分に囁《ささや》き掛けました！　この言葉は、その後、さんざん人々の笑いものにされました。それは、自分の母の死までも洒落にしかねない人たちは、祖国という名前は、崇高で統合力のあるものではないかのように、これを冗談にしてしまうからです。私の場合は、フランス人という肩書が、どれほど多くの愚行を防いでくれたかを、決して忘れることはできません。へとへとに疲れて、しかも本隊から離れた後方にいて、前線の小銃の音が頻繁《ひんぱん》に聞えて来るようなとき、私はなんども私の耳に囁《ささや》かれる、『戦いのことは他の奴に任せて置け。今日だけは、わが身を大事にしろ！』という声を聞きました。しかし、その時、この『フランス人！』という言葉が私の身内で呟《つぶや》かれるのが聞えると、私は直ぐに戦友の支援に飛び出して行ったものです。また、ある時は、空腹と寒気と負傷とで気が苛《いら》立《だ》っているのに、辿り着いたドイツの百姓家の扱いが余りよくなかった時などは、主人の背中を殴り、その小屋に火でも点《つ》けてやりたいという思いに駆られたこともありました。だが、その時、私は低く口の中で『フランス人！』と呟《つぶや》きました。勿論、この言葉は、放火とか人殺しとかという言葉とは、全く同意語にはならない言葉です。こんな風にして、私は東から西へ、また北から南へと国々を駆け巡りましたが、常に国旗にだけは恥をかかせないようにと心掛けました。伯父は、私に『祖国！』という呪《まじな》いの言葉を教えてくれました。私どもはただ祖国を護るだけではなく、それを偉大で、人々に愛される国にしなければなりません」

十月十七日。——今日も、私は例の隣人宅に長時間の訪問をした。ある偶然の一言が、まだ私に打ち明けていない話を聞かせてくれる切っ掛けとなった。

私は彼に腕と脚とが、同じ戦闘で失われたものなのかどうかを尋ねた。

「いや、そうじゃあないんです」と、彼は答えた。「大砲では脚だけをやられたのです。腕を〝食われた〟のは、クラマールの石切り場だったんです」

そこで、詳しい話が聞きたいと頼むと、

「お早う、と挨拶する位に簡単なことです」と、彼は言葉を続けた。

「ワーテルローの大敗の後、私は野戦病院に三か月入院していて、やっと片脚が義足をつけられるようにまで快復しました。びっこを引きながらでも歩けるようになると、私は軍医に別れを告げて、パリへ帰って来ました。誰か親類か友だちの一人位には会えるだろうと思ったのです。しかし、誰もいませんでした。皆どこかへ行くか、死んだりしていました。これが、ウィーンかマドリッドかベルリンだったら、こんなではなかった筈です。ところで、片脚減ったがために、それだけ暮らしが楽になったかというと、そうではありません。食欲だけは元通りになって、間もなく、なけなしの金も飛んでいっちまいました。

「実は、偶然に、上官であった連隊長に出遭ったんですが、この人は、モントルー*12の小競り合いのときに、私が馬を貸して逃げるのを助けたことがあることを思い出して、彼の家で寝食の面倒を見てくれることになったんです。私は、その人が、その前年に、大邸宅と幾つかの農場を持っている女性と結婚していたことは聞いていました。だから、私は百万長者の終身従卒になろうと思えばなれたんです。尤も、この誘惑に駆られない訳でもなかったのですが、他にこれ以上のものがあるかどうかを見極めたいと思い、ある晩、私はこの問題をじっくりと考えました。

「『おい、ショーフル』と、私は自分に問い掛けました。『問題は男らしく行動することだ。成るほど、連隊長の家は居心地がよいかも知れないが、他に何か、やり甲斐のあることがあるのではないのか？　お前の胴体はまだいいようだし、腕も健全だ。ヴァンセンヌの伯父さんが言ったように、お前の力全部は、祖国から授けて貰っているんじゃないのか？　どうしてお前は、お前よりもっとひどい負傷をしている老兵を、連隊長の間借り人になるようにしてやらないのだ？　さあ、お前にはまだもう一度か二度は、元気よく突撃ができるだけの余力があるんだぞ！　今から諦めて、ドックに入るような真似をしては駄目だ！』

「そこで、私は連隊長に礼を言ってその家を出て、それから、同じ隊にいたある砲兵のところへ行き、結局、そこの仕事を手伝うことになりました。この男は故郷のクラマールへ帰って、昔の石切りの仕事を始めていたのです。

「最初の数か月は、まるで徴集兵で、殆ど役立たずでした。つまり、右往左往するばかりで、仕事は一向に捗《はかど》りませんでした。しかし、真剣に取り組めば、他のすべてのものと同様、石にだって勝てるものです。私は、所謂、仲間を指導するところまでは行けませんでしたが、よい仲間に囲まれたお陰で、下士官兵位までには達しました。兎も角、懸命に働いて手に入れたパンだったのですから、本当に美味しく食べました。地下で仕事をしている時でも、私は一刻も自尊心を忘れたことはありません。岩を家に変えるために俺は働いているんだ、という思いが、内心私を喜ばせました。私は白分に語りかけました。

「『勇気を出せ、ショーフル、お前は祖国を美しくする手伝いをしているんだぞ』

「この言葉が私の心を挫《くじ》けさせなかったのです。

「ところが、残念ながら、仲間の中には、ブランデー・ボトルの魅力にとりつかれたような者たちもいました。ある日、その一人が、ひどく酔っぱらって、右と左との区別も殆どつかない状態になっていた所為《せい》もあってか、場所もあろうに、装填《そうてん》した雷坑の近くでマッチを擦《す》ったのです。忽ち地雷が爆発して、石の雨を降らせ、三人が死亡し、私は片腕を持って行かれちまい、今は、袖だけが残っているって訳です」

「それでまた、生活の手段を奪われたということですか？」と、私は老兵に聞いた。

「いや、職業を変えなきゃあならなくなったんです」と、彼は静かに答えた。「困ったのは、十本の指の代わりに、五本の指でする仕事を見つけることでした。でも見つかりました」

「どういう仕事でした？」

「パリの道路清掃人でさ」

「へえ！　あなたがですか？」

「そうです、暫らく、パリの衛生隊の一員だったんです。しかし、私にとって、そんなに悪い時期と言うのじゃありませんでしたよ。掃除夫の仲間たちは、その仕事が汚いほど見下げたものじゃあありませんでした。これだけははっきり言って置きます！　昔は、女優であったが、今は、金に窮乏している人とか、また、相場に失敗した商人なんかもいました。古典学の教授であった人までいて、少しお酒が入ると、求めに応じて、ラテン語であろうが、ギリシャ語の悲劇であろうが、気楽に暗誦してくれました。尤も、モンティヨン賞[*13]を貰おうと競うような人は一人も、その中にはいなかったけどね。貧乏は悪徳の言訳にはなりましたが、その貧乏も陽気と冗談とで慰められていました。私も皆と同じように貧乏で陽気でしたが、もう少しましな人間でいたい、と思っていました。どんなに苦境に陥っていても、私は祖国のお役に立ちさえすれば、決して恥じることはない、という信念だけは持ち続けていました。

「『ショーフルよ』と、笑顔で私は自分に話し掛けました。『剣の次が槌、槌の次が箒と、お前は段々と落ちて行くが、それでも、やっぱりお前は祖国のために尽くしているんだ』」

「しかし、結局、あなたのその新しい職業も辞める破目になったのですよね？」と、私は言った。

「辞めざるを得なくなったんです。道路清掃人は脚の乾く間がないんで、遂には、丈夫な方の脚の傷が、また痛み始めたのです。もう連中について行くこともできなくなりましたので、残念ながら武器を捨てざるを得なくなりました。パリの衛生部門の仕事を辞めて、丁度、二月《ふたつき》になります。

「初めの内は、呆然《ぼうぜん》としていました。四肢の中で満足なのは、右の手だけです。それさえも力が入らないのです。そこで、その手のために何か相応《ふさわ》しい仕事を見つけてやらなければなりませんでした。色々なことを少しずつやって見た後で、ボール紙箱作りに落ち着いたのです。今は、国民軍の軍帽の前立てやボタンを入れる箱を作っています。これは利益の少ない仕事ですが、誰にでもできる仕事です。朝四時に起きて、晩まで働いて、六十五サンチーム[14]稼げます。部屋代と食費とに五十サンチームかかります。残りの三スー[15]が贅沢費ということになります。だから、私はフランス国家よりは金持ちです。というのは、収支上では、赤字ではないからです。そして、私は軍帽の前立てとボタンとを保護してやっているのですから、相変わらず祖国への奉仕を続けていることになります」

こう言って、ショーフル老人は笑いながら私を見た。そして、大きな鋏がまた、ボール紙箱を作るための緑色の紙を切り始めた。私は感動して、独り物思いに耽《ふけ》っていた。

ここにもまた、人生の戦いにおいて、常に模範となり、世の中の救いともなって先頭を突き進む、あの聖なる軍隊の一員がいる！　これら勇敢な兵士たちのそれぞれは、各自の杖言葉、すなわち、人生を歩む杖ともなる言葉を持っている。ある者は〝祖国〟であり、ある者は〝家庭〟であり、また、ある者は〝人類〟である。だが、皆同じ規範、即ち、義務という規範に従っている。皆同じ神聖なる掟《おきて》である自己犠牲という掟《おきて》に支配されている。自分自身より以上に他のものを愛する、そこにあらゆる偉大なるものの秘密がある。他のもののために生きる生き方を知る、そこにあらゆる崇高な魂の目的がある。

〔訳者注〕

＊1　ガスコーニュ地方：フランス南西部。この地方の人はほら吹きが多いという伝説がある。
＊2　プトレマイオス：クラウディオス・プトレマイオス（八三？〜一六八）紀元二世紀のアレクサンドリアの天文・地理・数学者。天動説を唱えた。
＊3　コサック兵：「遊牧の冒険者」が原義。十五世紀頃から騎兵として活躍。
＊4　近衛隊：ナポレオン親衛隊。
＊5　ジェマプの戦い：一七九二年十一月七日。ジェマプはベルギーの村。
＊6　ワーテルローの戦い：一八一五年六月十八日。ベルギー中部のワーテルロー近郊で、イギリス・オランダをはじめとする連合軍およびプロイセン軍と戦い、ナポレオン一世が大敗北を喫した。
＊7　ヴァンセンヌ：パリから約三キロメートル東の町。
＊8　フォントノワの戦い：一七四五年五月十一日。フォントノワはベルギー西部の村。
＊9　サン・ルイ勲章：一六九三年、ルイ十四世が制定した。
＊10　敵：一七九三年一月二十一日、ルイ十六世の死後、フランスはイギリス・オランダ・スペイン・オーストリア・プロシャを「敵」として戦わねばならなかった。
＊11　ガヴァルニ：ポール・ガヴァルニ（一八〇四〜六六）。フランスの風刺画家・漫画家。
＊12　モントルー：パリ南東のセーヌ河畔の村。
＊13　モンティヨン賞：フランス十八世紀の富豪モンティヨンが創設した種々の賞金。
＊14　サンチーム：一サンチームは、フランスなどで、百分の一フラン。
＊15　スー：この場合、一スーは、五サンチームということになる。

第十一章

財産目録の道徳的効用

十一月十三日、午後九時。――窓の隙間は完全に詰め物で塞いだ。足絨毯《あしじゅうたん》は、所定の位置に釘で固定した。笠をかけたランプは、辺《あた》りに淡い光を投げている。そして、ストーブは、低い呟《つぶや》くような寝息《ねいき》を立てている。それは、家で飼う小動物が私と暖炉を共に楽しんでいるかのようである。

私の周りすべては静寂の中にある。しかし、屋外では、雪混じりの雨が屋根を洗い、低い音を立てて樋の中を流れ下っている。時折、疾風が瓦の下に潜り込むと、瓦が互いに擦《す》れ合ってカスタネットのような音を立てる。そして、その風は人気のない廊下に吸い込まれて消え去っていく。その時、私は血も凍るような身震いに襲われる。そこで、綿入りの古い部屋着の襟をかき合わせ、くたびれたビロードの縁無し帽を眼元まで引き下げ、ひじ掛椅子に身体を深く沈め、そして、足をストーブの窓越しに輝く温かい光に当てる。こうして、屋外で猛威を奮う嵐を意識し、気持ちを一層高ぶらせていると、何か得体の知れない幸福感みたいなものがわが身を包んだ。それから、靄《もや》の中を泳いでいるようにぼんやりとした私の眼は、静かな室内のすべてのものの上を辿って行った。壁の版画から本箱へ、更紗木綿《さらさもめん》を張った小さなソファへ、鉄製のベッドに懸った白いカーテンへ、それから、屋根裏部屋の記録保存所とでも言うべき様々な書き物などの入った整理棚へと移った。このようにして最後に、私が手にしていた本に帰って来たので、私は中断していた読書の糸をもう一度摑もうと努めた。

実のところ、この本は、その主題に惹《ひ》かれて読み始めたのだが、続けて読むのが少し苦痛になっていた。それは、著者の描写が余りにも陰気に過ぎる、と思うようになって来ていたからだ。この世の中の悲惨さについての描写が、私には余りにも誇張され過ぎているように思えた。そこに描かれているような極度の貧困や受難を、私はとても信じることができなかった。神でも社会でもが、アダム[*1]の子どもたちに、それほどまでに辛く当たる筈はないのだ。著者は、芸術家的な誘惑に負けているのだ。そして、人類受難の様を見せびらかし過ぎている。かつて、ネロ[*2]が美に陶酔した余りにローマの街を焼いたようにである。

概していえば、たびたび修繕を繰り返し、批判もされて来た、この人類という憐れな家は、まだ当分の間、住み続けることができるようだ。私どもが、欲望の制限の仕方を弁《わきま》えてさえいれば、その欲望を満たすものをそこに見出すこともできるだろう。賢者の幸福は、僅かなお金でそれを買うことができ、しかも、僅かな空間しか求めないのだ。

こうした心が慰められる反省にも、段々と霞がかかって来た。……遂に、読んでいた本が床に滑り落ちたが、再びそれを拾い上げる気力はなかった。静けさ、薄暗さ、暖かさなどの快適さに打ち負かされて、私はいつの間にか深い眠りに陥《おちい》った。

私は、暫らくの間、睡眠の初めに襲うあの前後不覚の状態にあった。しかし、やがて、ぼんやりした、途切れ途切れの知覚が眠りを掠《かす》めた。……次第に辺《あた》りが暗くなって、空気が冷たくなるように思えた。……近づく冬の前触れとなる赤い木の実の生《な》った繁みが見えた。……霜で真っ白に覆われたネズの樹が、所々《ところどころ》で、境界の役を果していたうら寂しい道を、私は歩いていた。……それから、突然に場面が変わった。……私は乗合馬車に乗っていた。……冷たい風が馬車の戸や窓を揺り動かした。雪を冠《かぶ》った樹々が亡霊のように通り過ぎて行った。私は寒さで感覚のなくなった足を、叩いた藁の中へ突っ込もうとしたが、駄目だった。……やがて、馬車が停まった。夢の中でしばしば見られる、あの場面転換という舞台効果の一つによって、私は火の気のない、四方から自由に風が入って来る、粗末な部屋の中に一人でいた。幼少の頃の私に強く残されていた母の優しい顔、父の威厳のある厳かな顔、十歳で亡くなった妹の小さな金髪の頭などが見えた。こうして、死んだ家族の全員が、再び私の周りに甦《よみがえ》って来た。彼らは厳しい寒さや空腹の喘《あえ》ぎに晒《さら》されて、そこにいた。母は、じっと苦痛に耐えている年老いた父の側《そば》で祈っていた。妹は、寝床代わりになっていた襤褸布《ぼろぬの》に包まれて横たわり、声を忍ばせて泣いていた。そして、紫色になった小さな手で裸の足を摑んでいた。

これは、私が先ほどまで読んでいた本の内容の一部で、私自身の生活の中に移されたものである。

私の心は筆舌に尽くしがたい苦悶に苛《さいな》まれた。私は片隅に蹲《うずくま》り、この悲惨な有様をじっと眺めながら、冷気がゆっくりと身体に沁《し》みて来るのを感じた。そして、辛さに耐えながら心の中で言った。

「死のう。何故なら、貧困は、疑惑や無情や侮蔑《ぶべつ》に見張りをされている地下牢で、そこから逃げ出そうとしても逃げ出せないからだ。死のう。何故なら、生きている人々の酒宴の場には私どものための席はないからだ！」

そして、私は母の側《そば》へ行こうと再び立ち上がり、その足許で、最後の時を待とうとした。

……

ここで、私の夢は途絶えた。私は、はっとして目を覚ました。

私は周囲を見回した。ランプは消えかかり、ストーブの火はもう既に消えていた。半開きの戸口からは、冷たい北風が吹き込んでいた。私はドアを閉め、鍵をかけるために、震えながら起き上がった。それから、小部屋の寝台のところまで行き、大急ぎでその中へ潜り込んだ。しかし、寒さがいつまでも私を眠らせなかった。私は先ほど中断した夢の跡を心の中で追った。

私が先ほど誇張だと言って非難した、あの本の描写も、今では、余りにも現実に忠実過ぎるように思えた。私の楽天主義も、身体の温もりも、共に取り戻すことができないまま、私は眠ってしまった。

このようにして、冷たくなったストーブと締りの悪い入口のドアの二つが、私のものの見方を変えた。血が順調に廻《めぐ》っている時には、すべてが前向きに考えられたが、寒さが私を支配している時には、すべてが悲観的になった。

このことが、私にある話を思い出させた。それは、寒い冬の日であったが、用事で近所の修道院を訪ねて行かなければならなくなった公爵夫人の話である。その修道院は貧しくて、暖をとる薪がなくなっていたので、修道士たちは寒さを防ぐには戒律と熱心な祈りとに頼るしかなかった。寒さで震え上がった公爵夫人は、貧しい修道士たちを心から不憫《ふびん》に思いながら家へ帰って来た。外套を脱がせて貰い、そして、薪をストーブに加えさせている間に、彼女は執事を呼び、直ぐに修道院へ薪を届けるように命じた。それから、彼女は長椅子を暖炉の側《そば》へ運ばせると、その温もりで漸《ようや》く生き返る思いがした。彼女が先刻経験していた辛い記憶は、身体が温まって来ると、忽《たちま》ち薄れて行った。執事が再び入って来て、薪を幾束ほど運ばせましょうかと尋ねた。

「ああ！　ちょっと待って」と、公爵夫人は気楽に言った。「寒気が大分和らいで来たようね」

　このように、人間の判断は、理性よりはむしろ感情に基づいてなされることの方が多い。しかも、この感情は、外の世界に関わりを持つものであるから、その影響を多かれ少なかれ受ける。つまり、人間は外界から、少しずつ、習慣や感情の一部を汲み取るのである。

　だから、未知の人を予《あらかじ》め判断するのに、その人を取り巻く環境の中に、当人の性格を暗示するものを求めるのは理由のないことではない。私どもが生活する環境は、必然的に、私どもの面影を伝えるように作られている。私どもはそこに、知らず知らずの内に、自分の魂の数々の痕跡を残す。空《から》の寝床を見て、そこで眠っていた人の身長や姿勢を判断できるように、すべての人の棲家《すみか》は、周到な観察者の眼には、当人の知性の広がりや情感の度合いまでも見破らせることになる。ベルナルダン・ド・サンピエール*3は、求婚者が一度も家で花を育てたり、家畜を飼ったりしたことがないという理由で、その男性の求婚を受け容れなかったという、ある若い女性の話を伝えている。これは少し厳しい話かも知れないが、分からないでもない。草花の美しさに対して、また、動物への慎《つつ》ましやかな愛情に対して鈍感な人は、幸せな結婚の喜びを感じる用意が充分でないに違いない、と推測することはできる。

十四日、午後七時。——今朝、日記を書きかけていると、勤めている店の出納係《すいとうがかり》の老人が訪ねて来た。

彼は、視力が衰え、手も震えるようになったので、以前は一人で簡単にやっていた仕事が、今では、少し骨が折れるようになっていた。そこで、私が、彼の仕事の一部を代わって仕上げることを引き受けていたのだ。彼は、その出来上がった帳簿を受け取りに来たのであった。私が是非にと薦《すす》めたコーヒーを飲みながら、私どもはストーブの側《そば》で長い閒話をした。ラトーさんは、そもそも、多くを観察はするが、口数の少ない、分別のある人である。だから、彼はいつも何か語るべきものを持っている。

彼に代わって私が作成した収支の会計簿に眼を通しながら、ふと彼の視線が私の日記の上に落ちた。そこで、私は、毎晩こういう風に、自分だけのための記録として、日々の行動とか思考などを日記に書いていることを認めざるを得なかった。私は、先日見た夢のこととか、外界の事物が私どもの平常の気持ちに及ぼす影響などについて、自分の反省も交えながら、次々と話した。彼は微笑みながら聞いていてくれた。

「ああ！　あなたも私と同じように超自然的なことを考えているんですね」と、彼は静かな口調で言った。「私も、あなたのように、『巣を見ればその主が分かる』ということをずっと信じて来ました。だが、それには特別な技術と経験とが必要ですよね。この二つがないと、軽率な判断を下す恐れが多分にありますからね。私の場合も、一度ならず、このことで失策を繰り返して来ました。しかし、時には、正しい結論を導くことができた、と満足することもあります。今でも、特に忘れることができないのは、ごく若い頃に経験した、ある事件のことです」

彼はここでちょっと言葉を切った。私は彼の話の続きを待っている、という顔をして彼の顔を見た。すると、彼は直ぐに話を続けた。

その頃、彼はオルレアン[*4]のある公証役場の三等書記であった。ある時、上司から、二、三の用件で、モンタルジ[*5]へ行くように命じられた。先ず、隣の町で代金の取り立てをしてから、モンタルジへ行き、その日の晩には、乗合馬車で公証役場へ帰って来る積りであった。ところが、債務者の家で随分待たされてしまって、彼がその隣町を出た時は、もう既に日が暮れかかっていた。

彼は予定の時間までにモンタルジに着くことができないことを恐れて、教えてもらった近道を辿った。運悪く、霧が段々と濃くなり、空には星一つ見えなくなった。暗闇が非常に深くなったので、彼は、遂に、道に迷ってしまった。来た道を引き返そうとした。二十もあったであろうか、脇道である小径に次々と出くわしたが、挙句は、完全に正道から外《そ》れてしまった。

初めは、乗合馬車をつかまえ損《そこ》ねることに苛立《いらだ》ちを感じていたが、やがて、自分の身に不安を感じるようになって来た。彼は、進むべき道を見つける方策もないまま、ただ一人、森の中を彷徨《さまよ》っていた。しかも、彼は、かなりの額の預かり金を所持していた。こんなことは、初めての経験であっただけに、彼の心配は愈々《いよいよ》つのるばかりであった。森と言えば、彼の記憶の中では、強盗、殺人という多くの凶悪事件と結びついていた。それで、彼は、今にも運命的な出遭いがあるのではないかと、絶えずびくびくしていた。

実際に、彼の状況は楽観視できるものではなかった。その辺《あた》りは物騒だと思われている所で、前から、もう何人かの牛買商人が突然姿を消した、という噂が流れており、どれもが、全く解決されていなかった。

この若い旅人は、前をしっかりと見据え、聞き耳を立て、どこか家か、然るべき道路かへ出そうだと思われる小径《こみち》を辿っていた。しかし、森また森であった。やっと、彼は遠くに灯りを認めた。それから、十五分ほど経って、無事、街道に出ることができた。

たった一軒の家（それは、先ほど、灯りの見えた家だった）が、街道からあまり離れていないところに建っていた。彼は裏門の方へ廻って行った。その時、馬の蹄《ひづめ》の音が背後に聞えたので、彼は振り返った。道の曲がり角に、馬に乗った男が現われ、直ぐに彼の側《そば》へ近づいて来た。

その男が言った最初の言葉を聞いて、彼が、その農家の主人であることが分かった。青年は道に迷った経緯を話した。そして、その男から、彼が今辿っている道はピティヴィエ[*6]の方へ通じる道だと教えられた。モンタルジ[*7]は、逆に三リューも反対の方向にあった。

霧はいつの間にか小糠雨《こぬかあめ》に変わっていて、若い書記の服を浸《し》み通り始めていた。その男の話を聞いて、彼は、これから先歩かなければならない道程《みちのり》の長さに驚いた。彼の躊躇《ためら》いを知った馬上の男は、先ず、自分の家に入るように勧めた。

その家には、何か要塞を感じさせる雰囲気があった。かなり高い塀に囲まれており、厳重に閉められた大きな門の鉄格子の隙間からだけしか、屋敷の内部を窺うことはできなかった。馬から下りた農夫は、屋敷の大門の方へは行かないで、右に曲がり、同じように閉まっているが、その鍵を持っている別の門まで来た。

その門を入った途端、猛烈な犬の吠える声が庭の両側から起った。農夫は彼に恐れることはないと言って、犬小屋に繋がれているそれぞれの犬を見せてくれた。二匹とも驚くほどの大きさで、しかも、非常に獰猛《どうもう》で、主人の姿を認めても吠えることを止めようとはしなかった。

犬の声を聞いて、一人の若者が家の中から出て来て、農夫の馬を受け取った。農夫は、家を出る前に言い付けて置いた命令について尋ね、その通りにやっているかを確かめるために厩《うまや》の方へ歩いて行った。

こうして一人になった書記は、周囲を見回した。地面に置かれた手提灯《てちょうちん》が、淡い光で中庭を照らしていた。あたり一面はがらんとして、淋しかった。農家の中庭にしばしば見られる、直ぐにまた取り掛かる筈の仕事の一時《いっとき》の休止を示すあの乱雑さは、どこにも、その痕跡すらも見当たらなかった。馬が外されたところに置き忘れられている荷車とか、脱穀までの間積んである麦の束とか、片隅に倒されて、刈りたてのクローバの下に半分埋もれている鋤とか、そのようなものは一切見られなかった。中庭は綺麗に掃除され、また、納屋は閉められて、南京錠が下ろされていた。葡萄の蔓《つる》一本も壁を這ってはいなかった。眼に入るものは、ただ石と木材と鉄とだけであった。

彼は手提灯を取り上げて、家の角まで行って見た。家の後にも、更に、もう一つの中庭があって、別の犬の吠える声が聞えた。その庭の真ん中には、蓋をされた井戸があった。若い書記は、様々な種類のカボチャが地面を這っていたり、また、スイカズラやニワトコの生垣の陰で巣箱の蜜蜂が羽音を立てている、あの小さな農家の裏庭を想像して、そこにそれらを探したが、無駄であった。緑の草木も花もどこにも見当たらなかった。鶏小屋も鳩小屋らしきものもなかった。その家は、田舎の優しさ、生気、魅力などを醸《かも》し出すすべてのものを欠いていた。

この家の主人は、家庭の娯楽とか眼の楽しみなどを殆ど全く容認していないところから見ると、相当に冷淡な人間か、それとも、相当に打算的な人間に違いない、と青年は考えた。そして、眼に見えるものから独断的に判断して、彼はこの主人の性格に不信感を持たざるを得なくなった。

兎角する内に、農夫が厩《うまや》から戻って来て、彼に家の中へ入るようにと勧めた。家の内部も、自《おの》ずからその外部に相応するものであった。白い剥《む》き出しの壁には、様々な大きさの銃が飾りとして並べられていた。がっしりした家具は、見た目の堅牢さで不恰好さの埋め合わせをしていた。掃除も行き届かず、また、細かいところに注意が払われていないことから、家事に女手が加えられていないことが察知できた。若い書記は、この農夫から、ここでは、二人の息子以外の誰とも暮らしていないことを知らされた。

成るほど、男所帯であることは、次のことからも明らかであった。

誰も片付ける労を取らないままの食器類が、窓側の食卓の上に放置されていた。そこには、大小の皿が乱雑に散らばり、馬鈴薯の皮とか、半分齧《かじ》りかけの骨などがついたままになっていた。何本かの空瓶からは、煙草の煙の匂いに混じって、ブランデーの匂いが発散していた。

客人を座らせた後で、農夫はパイプに火を点《つ》け、一方、二人の息子たちは暖炉の前で、中断していた仕事を再開した。時折だが、この静けさは、父親が注意を与える短い言葉と、それに答える息子たちの一言、または、何か感嘆詞を発する声とで破られるだけであった。また直ぐに、辺《あた》りは、元の静けさに戻るのだった。

「子どもの頃から」と、老出納係《ろうすいとうがかり》は言った。「私は外界の事物から受ける印象には、すごく敏感でした。しかし、後年、反省して、その印象を蔑《ないがし》ろにするのではなく、むしろその原因を究明することの方が大切であることを学びました。それからは、私は周囲のすべてのものを、とても注意深く観察するようになりました。

「部屋に入って直ぐに気付いた、あの銃の列の上には、狼用の罠《わな》が幾つか懸けてありました。そして、その一つには、まだ鉄の歯から取り外されないままになっている、ちぎれた狼の脚の一本がぶら下がっていました。煤《すす》けた暖炉棚は、翼を拡げ、首を大きな釘で突き通された梟《ふくろう》と大鴉《おおからす》とで飾られていました。剥《は》いで間もない狐の皮が窓の前に拡げられていました。そして、大梁《おおはり》に固定された食料貯蔵用の鉤《かぎ》には、首のない鵞鳥が懸けてあり、その胴体が私どもの頭の上で揺れていました。

「私の眼はこうしたものすべてを正視することに耐え切れず、今度は、家の人たちの上に移されました。私の向かいに座っていた父親は、酒を飲むか、息子たちに小言を言うかの他は、ずっと煙草を喫っていました。長男は、深いバケツをこすり洗いしていましたが、その都度、火の中に投げ入れられる血腥《ちなまぐさ》い肉片の削り屑が、部屋中を吐き気を催させるような臭気で一杯にしました。弟は、肉切包丁を研《と》いでいました。父親が洩らした言葉から、私は彼らが翌日豚を殺すための用意をしていることを知りました。

「こうした作業や、屋内に置かれているものすべてには、屋外の不気味な陰鬱さを説明し果《おお》せるほどの残忍な習慣が滲《にじ》み出ていました。私の驚きは段々と嫌悪感《けんおかん》に変わり、不安感へと変わって行きました。私が次々と想像を廻《めぐ》らせた思いの一つ一つをここで詳しくお話することはできませんが、打ち克《か》つことのできない衝動に負けて、私は立ち上がり、是非とも歩いて帰りたい、と主張しました。

「農夫は何とか私を引き止めようとしました。雨や暗さや道程《みちのり》の長さのことなどを話して、止《よ》した方がよいだろうと説得しました。私は、その日の晩には、是が非でも、モンタルジへ帰らなければならない用事があることを説明しました。そして、短い時間ではあったが歓待して貰ったことへのお礼を言って、自分の言葉の真実であることを証明するために、大急ぎでその家を後にしました。

「しかし、冷たい夜気に打たれて歩いて行く内に、私の考え方は変わって来ました。あれほど強烈な嫌悪感《けんおかん》を呼び起こしたものから遠ざかって行くにつれて、私はその感情が徐々に薄れていくのを感じました。私は自分が余りにも物事に感じ易いことを悟り、自分で自分がなんだか可笑《おか》しくなって来ました。それに、雨が益々激しくなり、寒さが一段と募《つの》るにつれて、次第に自分が赦《ゆる》せなくなって来ました。私の理性の忠告を、感情の所為《せい》にしてしまう私の愚かさを心の中で咎《とが》めました。要するに、あの農夫と息子たちの三人が、彼らだけで生活し、狩をし、犬を飼い、豚を殺すのは、彼らの自由ではないのか？　どこに罪があるのか？　余り敏感にならないで、私が提供して貰った寝床を素直に受け容れていたら、今頃は、冷たい雨の中を苦労して歩かなくても、藁を寝床に心地よく眠っていられただろうに！　朝方、疲れ切り、寒さで身体中が無感覚になって、モンタルジに帰り着くまで、私はそんな風に自分で自分を叱り続けました。

「しかし、昼頃、疲れが取れて起き上がった時には、いつの間にかまた、初めの考えに戻っていました。農家の様子が、また再び、前日の晩に逃げ出す決心をさせた通りの不気味な色彩を帯びて、浮かび上がって来ました。理性も、あのような粗野な事物の一切を眺めている時は沈黙したままでしたが、それらの中に、野卑な性格の反映であるとか、その悲しむべき影響であるとか、それらの実態の存在を認めざるを得ませんでした。

「私は、農夫とその息子たちのことについては、これら以上のことは何も知ることができないままで、その日の内に、そこを発ちましたが、この私の冒険の思い出は、記憶の中に深く刻みつけられて残ったのでした。

「それから十年後に、私は乗合馬車でロワール地方[*8]を通りました。車窓にもたれて、雑木林が新しく開墾されたのを眺めていました。その変転の状況を、乗り合わせた乗客の一人が私に説明してくれていたとき、私の視線が鉄格子の門を持つ塀の上に止まりました。その中に、鎧戸《よろいど》が全部下ろしてある家が建っていました。その家を見て、私は直ぐに思い出しました。それは、私がかつて迎えられた、あの農家でした！　私は一生懸命にその家を指差し、現在、そこにどんな人が住んでいるのか尋ねました。

「『今は誰も住んでいません』と、彼は答えました。

「『でも、数年前には、一人の男と二人の息子が住んでいたのじゃありませんか？』

「『テュローの一家です』と、道連れの男は私の顔を見ながら言いました。『ご存知なんですか？』

「『一度だけ会ったことがあるんです』

「彼は頷《うなず》きました。

「『そうだ、思い出しました』と、彼は再び話を続けました。『長い間、彼らは洞窟の中の狼のように、その家で暮らしていました。彼らは土地を耕すことと、獲物を殺すことと、酒を飲むことだけしか知らない男たちでした。父親が家の面倒を見ていましたが、男たちばかりで、彼らを愛する女性もいなければ、心を和らげる子どももたちもなく、それに、天を考えさせる神もいないとなれば、誰だって獣みたいになってしまいますよ。ある朝のこと、ブランデーを飲みすぎていた長男が、馬に鋤をつけようとしなかったらしくて、そのことで父親が鞭で打つと、酔っ払って気が変になっていたその息子は、銃で父親を撃ち殺してしまったのです』」

十六日、午後。——私は、この二日間、老出納係の老人の話のことばかりを考えていた。そして、その話は、私の見た夢が暗示していた考えに付け加わった。

私が学ぶべき重要な教訓を、この話全体は含んでいないだろうか？

もし私どもの感覚が、私どもの判断に議論の余地がないほどの影響を与えるものであるとした場合、こうした感覚を引き起こしたり、また、変化させたりする外の世界の事物に、私どもが余り注意を払わないのはどうしてだろう？　外の世界は、それが鏡に映されるように、常に私どもの心にも映され、そして、その心象は、無意識のうちに、私どもの意見の萌芽《ほうが》となり、行為の規準となって心を満たすのである。だから、私どもを取り巻くすべての事物は、現実的には、護符のようなものである、と言える。禍福はそこから生み出されるのだ。私どもの心に健康的な雰囲気を醸《かも》し出させるには、その護符を賢明に選ぶということが必要である。

このことの真実であることを確信した私は、部屋を一渡り見回した。

私の眼が真っ先に止まったのは、私が生まれた地方で最も有名な修道院の古い沿革書であった。それは、仰々《ぎょうぎょう》しく拡げられて、壁面の一番目立つ所に貼られていた。どうして私はその書面にそんな場所を与えたのだろう？　古物研究家でも学識者でもない私にとって、この古臭い一枚の羊皮紙が、どれほどの価値を持つであろうか？　その修道院の創設者の一人がわが家と同姓であったこと、また、それを私の家の系図のようなものとして使って、訪問者の啓発ができるかも知れないということなどから、それは私にとって貴重なものになったのだろうか？　こう書きながら、私は顔が火照《ほて》るのを感じる。あんなものは下ろしてしまえ！　一番深い抽斗《ひきだし》の底へ追放してしまえ！

鏡の前を通り過ぎたとき、何枚かの訪問者の名刺が、その縁に沿って麗々しく並べ立ててあることに気づいた。その中には、人目を惹くような名前が、もしかしたら、ありはしないだろうか？　――ポーランドの子爵。――退役大佐。――私の出身県の代議士。こんな虚栄の標《しるし》は、一時《いっとき》も早く火にくべてしまえ！　代わりに、私が勤めている店の使い走りの少年の手書きの名刺、つましい食事への招待状、最近、ひじ掛け椅子を買った古物商の領収書を並べよう。こうした私の貧しさの表示は、モンテーニュ[*9]が言ったように、「私の自負心を抑える」ことに役立つであろう。そして、それらは、貧しい者の尊厳が依って立っている謙遜《けんそん》を、絶えず私に思い起こさせるだろう。

私は壁に掛けられている版画の前に立ち止まった。麦の束の上に座り、果物が溢れ出ている籠を抱えた、この肥った微笑しているポモナ[*10]は、歓喜と豊穣《ほうじょう》との観念しか呼び起こさせない。先日、悲惨さの類《たぐい》を否定しながら眠ったとき、私はこの絵を眺めていた。この絵の対幅《ついふく》として、すべてが悲哀と苦痛とを表わしている、あの冬の絵を掛けることにしよう。片方の絵が、他方の絵の印象を和らげることになるだろう。

それから、グルーズ[*11]の描いたこの「幸福な家庭」の絵。子どもたちの眼の何という快活なこと！　若い女性の顔の何という優しい落着き！　祖父の表情の何という宗教的な感動！　神よ、彼らに永遠の幸せを保たせ給え！　しかし、空《から》の揺籠《ゆりかご》にかがみ込んで泣いている、あの母親を描いたもう一枚の絵を、この絵の側《そば》に掛けよう。人生には、交々《こもごも》凝視しなければならない両面があるのだ。

炉棚に飾ってある、これら可笑《おか》しな化け物みたいな人形は隠してしまおう。プラトン[*12]も、「美は、善の見える形に他ならない」と言った。もしそうであるなら、醜は、悪の見える形でなければならない。心は、絶えず悪を見ていると、知らず知らずのうちに堕落する。だが、特に、心に親切と憐憫《れんびん》の情とを失わないために、あの「最後の眠り」というこの感動的な絵を、私の枕元に懸けておこう！

私は、その絵を見る度に心を打たれる。襤褸《ぼろ》を纏った年老いた女が道端に横たわっている。杖を足許に置き、頭は石の上に載せている。彼女は手を合わせて眠っている。子ども時代に覚えたお祈りを呟《つぶや》きながら、最後の眠りを眠っている。そして、彼女は最後の夢を夢見ている。

牧草地で羊の番をしたり、生垣の桑の実を摘んだり、歌を歌ったり、道行く人に膝を曲げて挨拶をしたり、空に一番星が現われると十字を切ったりして過ごした、健康で楽しい子どもであった頃の自分を夢見ている。芳香と太陽の輝きとに満ちた幸せな時期！　彼女にはまだ何の不足もない。彼女はまだ欲望がどんなものであるかを知らないからである。

しかし、成長した彼女を見よ。雄々しく働く時が来たのだ。干し草を刈ったり、麦を打ったり、花の咲いたクローバの束とか、萎《しお》れた葉のついた粗朶《そだ》の束を、わが家の納屋まで運んだりしなければならない。たとえ疲労は激しくても、希望は太陽のようにすべてのものの上に輝いている。彼女は汗の滴《しずく》を拭う。娘は既に人生が一つの務めであることを知っているのだが、彼女はまだ歌いながらその務めを果たしている。

やがて、荷は重くなった。彼女は妻となり、母となった！　今日のパンを節約したり、眼を明日に向けたり、病人を看護したり、弱者を支えたりしなければならない。要するに、神が支援してくれる時には実に快く、神が見捨てる時には実に辛《つら》くなる、あの地上の神として、つまり、自分が保護者としての役割を果たさなければならない。彼女は相変わらず元気だ。けれども、彼女には不安がある。彼女にはもう歌はない！

それから、何年か経ち、すべてが暗雲に包まれる。夫の健康が弱り、彼が火のない炉の前で悲嘆にくれるのを見る。寒さと飢えとが、病《やまい》を完成させた。彼は死んだ。慈善団体が用意した柩《ひつぎ》の側《そば》で、半裸の二人の子どもを腕にしっかりと抱き締めながら、寡婦《かふ》は床に座っている。彼女は行く末を恐れ、涙を流し、うな垂れる。

遂に、恐れていた晩年が彼女に訪れて来た。子どもたちは成長したが、もう彼女と一緒に暮らしてはいない。息子は祖国の旗の下で戦っている。妹は国を離れてしまった。二人とも当分は、いや永久に帰って来ないかも知れない。元気な娘、雄々しい妻、勇敢な母は、今や、家族も家庭もない年老いた物もらいでしかない！　彼女は最早泣かない。悲しみが彼女を征服したのである。彼女は白旗を掲げて、死を待っている。

死！　惨めな人たちの忠実な友！　彼女がやって来た。しかし、それは、迷信が言っているように、恐ろしいものでも、嘲笑的なものでもない。それは、美しく、にこやかで、星の冠を戴いている！　優しい幻影は老婆の方へ身を屈《かが》めた。その蒼白《あおじろ》い唇は微《かす》かな言葉を呟《つぶや》いた。それは、彼女の労苦の終わりを告げる言葉であった。静かな歓喜が老婆を包んだ。彼女は、偉大な解放者の肩に凭《もた》れて、知らず知らずの内に、この世の最後の眠りから果てしない眠りへと移ったのであった。

憐れな疲れ果てた女よ、そこで憩え！　木の葉は、お前の経帷子《きょうかたびら》の役目を果たすだろう。夜は、露の涙をお前に注ぐだろう。そして、小鳥たちは、お前の亡骸《なきがら》の上で優しく歌うだろう。お前のこの地上での滞在は、空中を小鳥が飛んだほどの跡も残さないだろう。お前の名前はもう既に忘れられている。そして、お前の残す唯一の遺産は、お前の足許に忘れられているサンザシの杖一本だけである。

誰かが、つまり、不幸と悪徳とにより、広くに散らばっているあの大きな人類という軍隊の兵士の誰か一人が、お前の杖を再び取り上げてくれることになるだろう。お前も決してこうしたことの例外ではないのだ。お前も一つの例に過ぎないのだ。そして、万人のためにあんなに心地よく輝いている太陽の下で、また、花の咲いた葡萄畑や麦畑や繁栄している都市の中で、あらゆる世代の子孫たちは、苦しみながらも、この老婆の杖を次々と伝えて行くのである！

この悲痛な絵を眺めることは、神が私に与えてくれているものに対して、より一層の感謝の念を起こさせ、また、神の恩恵に恵まれることの少ない人たちに対しても、より以上の同情の念を起こさせるだろう。それは教訓となり、また、私には反省の材料ともなるだろう。

ああ！　私どもを改善し、教育することのできるすべてのものに対して、十分に配意するようにしたいものだ！　私どもの周りの日常生活の様々な事物を、それが私どもの心の不断の訓練場になるように整えたいものだ！　しかし、大抵の場合、私どもはそれら周りのものに注意を払うことを殆どしない。人間は、人間自身にとって永遠の神秘なのだ。つまり、人間それ自身が、決して入ることを許されず、外部からだけ窺《うかが》うことを許される一個の殿堂なのである。

だから、私ども個々人は、いつの場合も、自分の前に、かつてソクラテス*13を啓発した箴言《しんげん》で、デルフォイ*14の壁に何者かによって刻まれた、あの有名な「汝自らを知れ」という銘を掲げておく必要があるのだ。

〔訳者注〕

*1　アダム：旧約聖書の「創世記」に出て来る神が初めて創った男性。

*2　ネロ：三七〜六八。ローマ皇帝（在位五四〜六八）。ネロの命によるとされる「ローマの大火」は六四年に発生した。ネロは、この大火の原因がキリスト教徒の放火と断定し、キリスト教徒を迫害した。

*3　ベルナルダン・ド・サンピエール：ジャック＝アンリ・ベルナルダン・ド・サン＝ピエール（一七三七〜一八一四）。フランスの作家。

*4　オルレアン：フランス中南部のロワール県の県庁所在地。

*5　モンタルジ：ロワール県の都市。オルレアンの東方に位置。

*6　ピティヴィエ：オルレアンの北東四十キロメートルの町。

*7　三リュー：約十四・四キロメートル。一リューは、約四・八キロメートル。

*8　ロワール地方：フランスの穀倉地帯。

*9　モンテーニュ：ミシェル・エケム・ド・モンテーニュ（一五三三〜九二）。フランスの思想家。主著『エセー』。

＊10　ポモナ：果樹や果実を司るローマの女神。
＊11　グルーズ：ジャン＝バティスト・グルーズ（一七二五〜一八〇五）。フランスの画家。
＊12　プラトン：ギリシャの哲学者（紀元前四二七？〜三四七？）。ソクラテスの弟子。
＊13　ソクラテス：ギリシャの哲学者（紀元前四七〇？〜三九九）。
＊14　デルフォイ：ギリシャの古都市。神託で有名なアポロン神殿があった。

第十二章

大晦日

十二月三十一日、午後。――私はまだ病床を離れることができないでいる。あれほど長い間、私を生死の境に彷徨《さまよ》わせた、あの意識不明に陥らせた高熱からは、ようやく解放された。しかし、私の衰弱した頭脳は、その活動を取り戻そうとしてはいるが、思考はまだ、雲間を通して射してくる陽の光のように、ぼんやりと霞んでいて、まだ完全だとは言えない。私の知覚のすべてを混沌とさせる眩暈《めまい》症状の再発も感じられる。私は、いわば、狂気と正気との交互の発作の間を漂っているような状態にある。

晴天の日に、高い山の頂上から眼前に展開する風景を眺めるように、時折は、すべてが鮮明であることもある。川、森、村落、家畜、谷間に沿って建つ小屋などの識別ができるのだ。しかし、突然、霧を含んだ一陣の風が吹いて来ると、たちまち、すべてのものがうっすらと霞んでしまう。

こうして、半分目覚めたような状態のままで、私の心は現実と幻想との区別をあえてしようとしないで、ただ当てどなく彷徨《さまよ》い、一方から他方へと移って行く。それは、まるで夢と現実とが互いに寄り添いあって立っているという有様であった。

さて、心がこのような不安定な状態の中を彷徨《さまよ》っていたとき、チクタクと大きな音を立てて時を刻んでいる壁掛け時計の下に、すうっと一人の女の姿が現われた！

一見して、彼女がイヴの娘ではない、つまり、人間の女ではないことを確信させるのに十分なものがあることに気づいた。その眼には、正《まさ》に消えようとする星の最後の輝きが認められた。顔には、厳粛な死のもがきに見られる、あの蒼白い死相が現われていた。彼女は、最も煌《きら》びやかな色へと、また時には、最も地味な色へと千変万化する優美なゆったりとした布地を纏っていた。そして、手には葉の落ちた月桂樹を携えていた。

私はしばらくその顔を眺めてから、名前と、私の屋根裏部屋へなど何をしに来たのか尋ねた。時計の針の動きをじっと見詰めていた彼女の視線が、私の方に向けられて、答えた。

「私は、今、終ろうとしている年の精です。あなたの感謝とお別れの言葉とを受けに参りました」

私は驚いて、片肘ついて身を起こした。だが、その驚きは直ぐに激しい怨みに変わった。

「何だって？　私に感謝を求める？」と、私は叫んだ。

「その前に、先ず、お前が私に対して何をしたかを考えて見るがよい！

「私がお前を迎えた年の初めには、私はまだ若々しくて元気であった。ところが、お前は毎日少しずつ私の体力を奪い去り、最後には、病気を押しつけて来たではないか。お前の所為《せい》で、私の血は冷え、筋肉は緩《ゆる》み、脚はたどたどしくなった！　お前は私の血管にあらゆる疾病《しっぺい》の種をまいたのだ。人生の真っ盛りの花が咲き乱れているところに、意地悪くも、お前は老齢というイラクサ[*1]を植えたのだ！

「その上、私の肉体を衰弱させるだけでは十分ではないかのように、お前は私の魂の力をも衰えさせた。お前は私の情熱までも失わせた。そのため、私の魂は怠惰で臆病になった。かつては、その眼は全人類を寛大に見守ったものだ。しかし、お前はそれを近視眼にしてしまった。今では、自分自身のことしか見ることができない！

「このような仕打ちを、お前は私の魂に対してしたのだ。また、私の日常の生活において、お前はどれほど悲嘆、軽視、窮乏などを減らしてくれただろう！

「熱のためにこの床に縛り付けられていた何日間もの間、私の喜びのすべてが詰まっている、この住み家の世話を誰がしてくれていたのだろう？　きっと、なおざりと不誠実とにより、私のタンスは空になり、書棚の本は抜き取られ、僅かばかりの財産も一切が失われているに違いない。私が育てていた草花や、飼っていた小鳥たちはどこへ行ったのだろう？　すべては姿を消した！　私の部屋は荒廃し、静まりかえり、寂しさだけが残っている。

「私をとり巻くものへの意識を私が取り戻してからまだ間もないので、長い病中、誰が私の世話をしてくれたのかさえも分らない！　恐らく、報酬としての資金がなくなれば、直ぐにも去ってしまう雇人か誰かであっただろう！

「私が勤めている店の主人は、私の欠勤を何と言うだろうか？　仕事が山積するこの忙しい年の瀬に、私が一人欠けても大丈夫なのだろうか？　何とかやっていっているのだろうか？　私が日々の糧を得ていたあのささやかな席は、恐らく、もう既に、誰か他の人によって代わられているだろう！　こうした不幸の数々を私にもたらしたのは、お前、邪悪な年の精であるお前の仕業なのだ！　体力、健康、安楽、仕事、これらのすべてをお前は私から奪ったのだ。私はお前からは、ただ屈辱と損害を受けただけなのだ。それでも、お前は私に感謝を要求するのか？

「ああ！　さっさと、お前は死んで行くがよい。お前の最後の日を迎えているのだ。侮辱され呪われて死ぬがよい。私はお前の墓に、あのアラビアの詩人が、王の墓に刻んだという墓碑銘を書き入れよう。

〝汝らここを過ぎ行く者よ、喜べ、ここに葬られた者が、再び蘇えることはない〟」

私は、私の脈を取る手によって、眼を覚ました。見ると、それは医者であった。脈を数えてから、彼は得心し、ベッドの足もとに腰を下ろして、嗅ぎ煙草入れで鼻を掻きながら、私をじっと見詰めた。

私は後でその仕種《しぐさ》が、この医者の満足の徴《しるし》であることを知った。

「それはそうと、死に急ぐ人が多いのは、一体どういうことなんでしょうね?」と、ランベールさんは、半ば冗談のような、半ば叱責するような口調で言った。「あなたも何であんなにまで死を急ごうとしたのですか? 引き止めるのに、少なくとも両腕が要りましたよ!」

「それじゃ、あなたは諦められたのですか、先生?」と、私は驚いて尋ねた。

「いや、どうして」と、老医師は答えた。「持たないものを諦めるのは無理ですよ。私は一度も希望などは抱いたことがないのです。私どもは神の手の中の道具に過ぎないのです。だから、私どもは誰でも、アンブロワーズ・パレ[*2]が言ったように、『私が手当てをし、神が癒す!』と、言わなければなりません」

「あなただけでなく、神にも感謝します」と、私は叫んだ。「どうか新年とともに、私の健康も戻って来ますように!」

ランベールさんは肩をすくめた。

「先ず、健康を求めることから始めるんだね」と、彼はぶっきらぼうに言い、言葉を続けた。

「神は、健康をあなたにお返しになる。その後、その健康を保つのは、あなたの賭けではなく、あなたの理性なのです。病気は、私どもとは何の関係もなく、雨か日光かのように空から降って来るものだと、世間の人たちは考えているようですね。病気になったと苦情を言う前に、果して自分が健康である資格があるのかどうかを証明する必要があるんですよ」

私は苦笑しかけたが、老医師はむっとしているようであった。

「ああ！　私が冗談を言っているとでも思っているんだね」と、彼は声を大きくして続けた。「それでは、私どもの中の誰が、自分の財産に対して払うのと同じだけの注意を、自分の健康に対して払うか聞かしてもらいたいね。あなた方はお金を節約するように、体力を節約していますか？　浪費とか馬鹿げた投資とかを避けるのと同じだけの注意を払って、過度であるとか不注意であるとかを避けていますか？　稼業の記録を規則正しくつけるのと同じように、生活習慣の記録をきちんとつけていますか？　事業の結果の調査にかける慎重さで、自分の身体には何が健康的で、何が不健康かを、毎晩調べていますか？　あなたは笑っているが、数知れない不摂生の結果として、この度の病気を招いたのではないのですかね？」

私はこの彼の言葉に抗議しようとして、彼の言うその私の不摂生である点を指摘して貰いたい、と頼んだ。すると、老医師は五本の指を拡げて、一つ一つ数え始めた。

「第一に」と、彼は言った。「運動不足。あなたはこの部屋で、チーズの中の鼠のように、外気に触れず、運動もせず、気晴らしもしない生活をしている。その結果、血液の循環は悪くなり、気が重くなり、働かない筋肉は栄養の分け前を要求しなくなり、胃は不活発になり、脳は疲労する。

「第二。不規則な食事。気まぐれがあなたの料理人で、胃はあなたが与えるものを、何でも受け取らなければならない奴隷であるが、すべての奴隷と同じように、陰険な復讐をする。

「第三。夜更かし。夜を睡眠に用いる代わりに、あなたは読書に費やす。あなたの寝床は書棚で、机があなたの枕である。疲れた頭脳が休息を求める時間に、あなたはそれを夜のどんちゃん騒ぎに連れ出す。そうしておいて、翌日、あなたは頭痛がすると言って驚いている。

「第四。贅沢好みの習慣。部屋の中ばかりに閉じ籠っているので、あなたは、知らず知らずのうちに、幾重もの真綿でくるんでいるような状態に陥っている。ドアには隙間ふさぎの布、窓には風除け、足にはマット、背中には羊毛入りの安楽椅子、そして、一寸とした寒さにもストーブが要る。また、ランプの光も弱めなければならない。これらすべての用心に起因しているのか、少しの隙間風でも風邪をひき、普通の椅子だと休息も取れない、日中の光に堪えるためには眼鏡が要る。あなたは快適をわが物にしたと思っているが、実は、病弱を背負い込んでいるに過ぎないのです。

「第五――」

「ああ、もう充分です、もう沢山です、先生！」と、私は叫んだ。「お願いです。もうこれ以上数え立てるのは止めてください。私の喜びの一つ一つに後悔を結びつけないでください」

老医師は、嗅ぎ煙草入れで自分の鼻を掻いた。

「ほら、ご覧」と、彼は立ち上がりながら、前よりも穏かな声で話した。「あなたは真実を避けようとします。検査にたじろぎます。このことは、あなたに罪がある何よりの証拠です。『私どもは自白する被告を持つ！』[*3]のです。しかし、少なくとも、どこかの老婆がするように、神から与えられている時節という時を咎《とが》め続けるのだけは止めることです」

そう言って、彼はまた私の脈を取り、これで自分の仕事は終わった、後は、本人次第だ、と言い残して、帰って行った。

医者が帰った後で、私は彼が言ったことを反芻《はんすう》した。

彼の言ったことは、大ざっぱ過ぎはしたが、根底においては間違っていない。私どもは、その原因を自分自身の中に求めなければならないような病気を、どれほどしばしば、偶然の結果にしてしまうことだろう！　先ほど、老医師が数え挙げた病気の背景を、最後まで聞いておいた方が好ましかったのかも知れない。

しかし、肉体の健康に関する検査より、心の健康に関する検査の方が、もっと重要ではないだろうか？　私は、今終わろうとしているこの一年の間、心の健康を保つ手立てを、粗末にして来なかっただろうか？　私は、この世で、神の兵士の一人として、私の勇気と武器とを、果して上手く保持して来ただろうか？　私には、ヨシャパテ*4の暗い谷間にいる〝神〟の前を通らなければならない、あの死者の受ける大審判のための準備が、果してできているのだろうか？

私の心よ、汝自身を見詰めよ、そして、何度過ちを犯したかを調べて見よ！

先ず第一に、お前は傲慢《ごうまん》であるがために過ちを犯した！　何故なら、私は平凡な人たちを、正当に評価して来なかったのだ。人を酔わせる天才の酒に深入りしすぎて、新鮮な水の味が分らなくなったのだ。ただ真面目一方の言葉を、私は軽蔑した。私は、人間がただ人間であるだけでは、それを愛することを止めたのだ。私は彼らを、その資質の高さの故をもって愛するようになった。私は世界を、ただパンテオン*5という狭い範囲に圧縮した。そして、私の共感は、賛嘆によってしか惹き起こされなかった。希望と悲嘆とを共にすべき同胞で構成されているのだから、もっと親しみの眼を持って見守るべきであったあの平凡な大衆を、まるで羊の群ででもあるかのように、私は冷淡に見過ごした。私は、貧しい人たちを軽蔑する大富豪には、無性に腹が立った。それにも拘わらず、その私が自分の乏しい知識に奢って、才に恵まれない人を軽蔑した。世間の人たちが衣服のみすぼらしい人たちを軽蔑するように、私は知性の貧困を軽蔑した。私は自分で勝ち取ったものでもないものを評価されて奢り、その幸運の恵みを他の人たちを攻める武器に変えた。

ああ！　もし革命の最悪の時期に、無知な民衆が反乱を起こして、天才に対して憎悪《ぞうお》の叫びを挙げたとしたら、その罪は、単に無知な民衆の嫉妬心から来る敵意だけにあるのではなく、知識人の、人をさげすむ傲慢《ごうまん》さにも帰せられなければならないのだ。

私はバグダッドの魔術師の二人の息子の寓話をすっかり忘れていた。

一人は、運命の如何ともし難い裁定によって、盲目に生れついた。他の一人は、視力の喜びをすべて享受していた。後者の方が、自分の優越を誇って、弟の盲目を嘲り、仲間としても軽蔑した。ある朝、盲目の弟が兄と一緒に外出したいと言った。

「どうしてだ」と、兄は聞き返した。「神様は我々の間に共通な点は何も作っておられないんだよ。僕にとっては、自然は、無数の魅力的な場面や素晴らしい俳優たちが、次々に現われる一つの舞台なんだ。ところが、お前にとっての自然は、その底に、眼に見えない世界のざわめきが聞こえて来る暗黒の淵なのだ。だから、お前は自分の闇の中に一人で留まり、光の喜びは太陽に照らされる者たちに任せて置く方がいいのだ」

そう言って、兄は出かけて行った。一人残された弟は激しく泣いた。その泣き声を聞いて、父親は直ぐに駆け寄り、彼の望むものは何でも与えようと約束して、彼を慰めた。

「視力をくださいますか？」と、息子は尋ねた。

「運命がそれを許さない」と、魔術師である父は答えた。

「では」と、盲目の息子は心の底から叫んだ。「太陽を消してください！」

私の傲慢《ごうまん》が、無知な同胞の誰かの身の上に、これと同じような願いを起させなかったかを、誰が知っていようか？

だが、なおその上、私は、軽率さと思慮不足のために、どれほどしばしば過ちを犯したことだろう！　どれほどいい加減な決断を下したことだろう！　洒落のためとはいえ、どれほど無責任な言葉を吐いたことだろう！　責任を重んじなかったために、どれほど人に迷惑をかけたことだろう！　大多数の人間は、しないでもよいことをして、互いを傷つけ合っている。丁度、生け垣沿いに歩く暇な散歩者が、若い木の枝を折ったり、美しい花を傷《いた》めたりするのと同じように、私どもは人の成功を嘲笑したり、人の名声を傷つけたりする。

だが、皮肉にも、こうした私どもの無反省が、実は、世評を構成するのだ。旅人一人ひとりによって石が一個ずつ積み上げられていくという、未開の国のあの不思議な記念碑のように、それは、いつの間にか、高くなっていく。銘々が無造作に持って来ては、通りすがりにつけ加えていくからだ。しかし、その行為が、記念碑の台石になるのか、絞首台になるのかは考えない。自分のいい加減な判断の結果が、人目にさらされているのを見ようとして、誰がわざわざ振り返って眺めるだろうか？　そんな人は一人もいない。

少し前のことになるが、私はモンマルトルの電信局が建っている緑の丘の中腹を散歩していた。下の方に、その丘を登る螺旋形になっている小径の一つを、一人の男と若い娘とが上って来ているのが眼に止まった。男は毛足の長い外套を着ていたので、何か野獣に似ているという感じがした。手には握りの太いステッキを持っていて、それで空中に様々な不思議な絵を描いていた。彼は大声で、しかも激情しているような激しい口調で話していた。時々、残忍な厳しい表情をして空を見上げることがあった。彼は娘に何か脅迫か叱責かをしているらしく、娘はそれを、私の心を感動させるような従順さで聞いていた。二三度、娘は、自己弁護しようとしてか、何か喋ったようであったが、外套の男は直ぐまた大きな怒ったような声で、獰猛《どうもう》な形相《ぎょうそう》をして、ステッキを無暗に振り回しながら話し始めた。私は眼で彼を追い、通りすがりには一言でもいいから聞き取ろうとしてみたが、遂に、彼らが丘の陰に隠れてしまい、それも叶わなかった。

確かに、私は、あの家庭の暴君の一人を現実に眼にしたのであった。その偏屈な気質が、犠牲者《しゃ》の忍耐によって一層刺激され、家庭の守護神になる立場にありながら、好んでその呵責《かしゃく》者になっている。

私は心の中でこの未知の残忍な男を呪った。そして、家庭の神聖な平和に対するこうした罪が、正当な罰を受けないことに憤慨した。その時、次第に近づいて来る彼の声が、また聞こえて来た。彼は丘の螺旋状の小径を回って、やがて私の前方に姿を現わした。

私は彼らの姿を見、そして、二言三言の言葉を聞いて、すべてを了解した。怒った男が激しい調子で恐ろしい態度を見せ、また、娘が怖がって、おずおずしていると思ったのは私の思い違いで、斜視で吃音《きつおん》の善良な一人の市民が、熱心に聞き耳を立てる娘に養蚕《ようさん》の説明をしていたのであった。

私は自分の思い違いを苦笑しながら、家路についた。ところが、私の居住区まで辿り着いたとき、群衆が走って行く姿が眼に入った。助けを叫ぶ声が聞こえた。同じ方向に向けられた皆の指が、遠くの一本の火柱を指していた。工場が燃えていたので、皆、消火を手伝おうと駆けつけていたのであった。

私は躊躇した。日が暮れかけていた。私は疲れていた。愛読書が私を待っていた。人手に不足はないだろうと考えた。そして、私はそのまま家に帰ることにした。

つい先刻は、軽率さから、とんだ思い違いをしたが、今度は、利己心と意気地なさとからであった。

しかし、どうだろう！　果して私は、これらに類した他の数限りない多くの機会に、同胞に尽すべき義務を疎かにしなかっただろうか？　私が恩恵を受けている社会に対して、果たすべき義務を怠ったのは、これが初めてだろうか？　私はいつも同胞に対して不公正な扱いを、また、ライオンのようにうまい汁を吸う*6ような扱いをしなかっただろうか？　私は社会からの分け前を次々と要求しなかっただろうか？　もし誰かが私に何か少しでもお返しをして欲しいと要求するような愚かな真似でもするならば、私は憤り、恐れ、何とかしてその要求から逃れようとする。歩道の端に蹲《うずくま》って、物を乞っている人を眼にしたとき、憐みの心が私に慈悲心を起させることを嫌い、私は何度脇道へ逃げ込んだことであろう！　私の非情さを正当化するために、どれほど多くの人たちの苦痛を疑ったことだろう！　おお！　もうこれ以上は止そう、止すことにしよう！　先ほど、私は医者による身体の健康保持についての忠告を中断させたが、この心の内に関わる検査の方がどれだけ辛いことか！　肉体の病気は同情の念を起こさせるが、心の病気は恐怖の念を起こさせる。

私は幸いにも、隣人の老兵の訪問によって、こうした夢想から現実に引き戻された。

今から思うと、私が高熱で臥《ふ》せっている間、この善良な老人の顔が、時には私の病床を覗き込んだり、また、時にはボール紙に囲まれて仕事台に座ったりしているのを、私は見ていたように思う。

彼が、丁度今、糊壺と緑色のボール紙一帖と大鋏とを持って訪ねて来たところだ。私は彼の名前を呼んだ。彼は喜びの大声を挙げながら、私に近づいて来た。

「やあ！　また再び、私は生き返った人に会えたぞ！」と、残されている片方の手で、私の両手を取りながら叫んだ。「本当のところ、随分の苦労でしたよ。袖章が二本貰える位の長い戦いでした。私は野戦病院時代に、沢山の熱病患者が空想上の敵と戦うのを見て来ました。ライブシック[*7]では、煙突が腹の中で燃えていると空想した兵隊がいましてね、ひっきりなしに、消防車を呼んでいました。だが、三日目には、自然に火は消えちまいましたよ。ところが、あなたの場合は、それが二十八日も続いたのですからね。それだけ日数があれば、その間に伍長くらいには昇進できたでしょうよ」

「じゃあ、やっぱり、私の思い違いではなかったのですね。あなたは私の側《そば》にいてくれたんだ」

「なあに、廊下一つ隔てたところにいるんですから。この左手は、右手がなくなったって、それほど下手な看護人じゃありませんでしたよ。だが、それよりも、誰の手があなたに水を飲ませてくれたか、あなたは知らないでしょう。その手こそが、熱病という忌まわしい奴を溺れ死なせたんです。丁度、レステル河で溺死したポニャトウスキ将軍[*8]のようにね！」

老兵は笑い出した。私は余りにも感動して声が出ず、彼の手を胸に抱きしめた。彼は私の感動の姿を見て、急いで、この話題を打ち切った。

「ところで、今日からまた、通常食に戻れるんですよね」と、彼は愉快そうに言った。「ドイツの農家のように一日四度の食事、もう何も言うことはありません！　お医者さんがあなたの給仕頭です」

「それじゃあ、料理人を見つけなければなりませんね」と、私は微笑みながら答えた。

「料理人なら、ちゃんと見つけてありますよ」と、老兵は叫んだ。

「誰です、一体?」

「ジュヌヴィエーヴさんです」

「あの果物屋の?」

「こうして、あなたとおしゃべりをしている間も、あなたのために料理を作ってくれていますよ。彼女はバターも手間も惜しみませんから安心なさい。あなたが生死をかけて戦っていた間も、あの誠実なかみさんは、あなたの容体《ようだい》がどうなっているかを知ろうと、階段を上ったり下りたりして、毎日を暮らしていました。……待って、きっと、あの人ですよ」

その時、廊下を歩く足音がしたので、彼はドアを開けに行った。

「おや、まあ!」と、彼は続けた。「門番のミロ婆さんだ。あなたの親切な友達の一人がお見えです。湿布のことなら、この人ですからね。——お入りなさい、ミロさん、どうぞ、お入り! 今朝は、俺、とても気分がいいんだ。ダンス靴でも履いていれば、メヌエットを一曲踊りたい位ですよ」

門番のかみさんは、本当にうれしそうな顔をして入って来た。彼女は洗濯をし、自身で繕った下着類と一緒に、あの水兵になっている息子からの贈り物で何かの時にと取って置いていたスペイン産の葡萄酒の瓶を持って来ていた。私は彼女に礼を言おうとしたが、この善良な女は、医者がしゃべることを禁じていることを口実にして、私に沈黙を命じた。私は彼女が抽斗《ひきだし》の中にすべてを整理するのを見た。そして、その抽斗《ひきだし》の中の整頓の具合に私はすっかり感動した。注意深い手が、そこに、日々の病気が引き起こす避け難い混乱を、きちんと整理してくれていたことは明らかだった。

彼女が抽斗《ひきだし》の整理を終えた丁度そのとき、ジュヌヴィエーヴが私の食事を運んで来てくれた。彼女は通りを隔てた向かいの牛乳屋のドニ小母さんをつれて来ていた。ドニ小母さんは、私が一時陥っていた危険な状態と、今は回復期にあることとを同時に知ったのだった。この善良なサヴォア生れの女姓は生みたての卵を持って来ていて、私がそれを彼女の前で食べるのを見たいと言った。

そこで、私は、自分の病気の状態についての一切を、彼女に詳しく話して聞かせることが必要となった。その一つ一つに、彼女は大きな感嘆の声を挙げた。その反応の仕方を門番の婆さんに注意されると、声を落して言い訳をした。彼女たち皆が私を取り囲むように集まって、私が食事をとるのをみていた。一口食べるごとに、満足と感謝の叫び声がそれに伴なった。フランスの王様が大衆の前で食事を摂ったとしても、これほど人々の感嘆を呼び起こすことはなかったであろう。

食事の後片付けが行われていたとき、思いがけなくも、私の同僚の出納係《すいとうがかり》の老人が入って来た。

私は彼の顔を見て、心臓の動悸を抑えることができなかった。店の主人と同僚たちは私の欠勤をどう見ているのだろうか？　この老出納係《ろうすいとうがかり》は私に何を告げに来たのだろうか？

私は、言葉では言い表わせないほどの不安を抱いて、彼が話し出すのを待った。彼は私のすぐ近くに座り、手をとって、先ず私の回復を喜んだが、主人たちのことについては、一言も触れなかった。私はもうそれ以上不安に耐えることができなくなった。

「それで、デュルメルさんは？」と、私はためらいながら尋ねた。「どう思っているのでしょうか？　私が仕事を中断していることを」

「仕事に差し支えなど出ていませんよ」と、老店員は落ち着いて答えた。

「それはどうしてですか？」

「店の皆で仕事を分担し合ったんです。だから、すべてがいつも通りに進んでいます。デュルメルさんは全く気付いていませんよ」

これは衝撃であった。先ほど、あれほど沢山の愛情を貰ったというのに、これはまた限度一杯の褒美であった。私は涙を抑えることができなかった。

こうして、私が他の人たちにすることのできた細《ささ》やかな奉仕は、百倍にして返されたのだった！　私はほんの僅かな種を蒔いただけだったが、その一粒一粒が素晴らしい土地に落ちて、立派な実を結んだのだ！　ああ！　これで医者が私に与えた教訓が完成した！　心の病であろうと身体の病であろうと、病気が、私どもの愚行や悪徳の結果であるとすれば、同情と献身とはまた、私どもが義務を果したことへの報酬であるのだ。私ども銘々は、神の助けによって、人間の能力の限られた範囲内においてではあるが、自らの体質、性格、将来を形づくっていくものなのだ。

＊

皆、帰って行った。老兵が私の花と小鳥とを返してくれたが、今は、それが唯一の仲間である。夕陽が、その名残りの光で、半分閉ざされたカーテンを赤く染めている。私の頭は冴えており、心は軽い。狭霧《さぎり》が私の瞼《まぶた》の上を漂っている。私は快い眠りに先立つ、あの幸せな状態にある。

向こうの壁に、千変万化する煌《きら》びやかな、ゆったりした布地を纏い、葉の落ちた月桂樹を手にした女神が再び現われた。しかし、今度は、感謝の微笑を満面に浮かべて、私の方から手を差し伸べた。

「さようなら、愛《いと》しい年の精よ！　先ほどは、不当にも、お前を詰《なじ》った。私が苦しんだことを、お前の所為《せい》にすべきではなかった。お前は、神が私の辿るべき道と定めてくださった、単なる通り路に過ぎなかったのだ。つまり、私が自ら蒔いて育てた収穫を取り入れた土地に過ぎなかったのだ。そして、路傍の隠れ家でもあったお前よ、私が喜ぶのをお前も見たあの幸せな幾時かのために、私はお前を懐かしむだろう。私が堪えるのをお前も見たあの苦しみがあったとはいえ、私はお前を愛《いと》おしく思うだろう。喜びも苦しみもお前の所為《せい》ではなかったのだ。お前はそれらが演じられる舞台に過ぎなかったのだ。それでは、無事に、永遠の中に再び帰り、祝福を受けられよ、——青春の代りに経験を、過ぎ去った時の代りに甘美な思い出を、善行の代償に感謝を私に残してくれた愛《いと》しき者よ！」

〔訳者注〕

＊1　イラクサ：セイヨウイラクサ。多年草で、森の中、池の周り、川辺など、日陰で湿気の多い場所に生える。茎と葉に刺毛（毛様体のトゲ）があり、触れるとひどく痛む。

＊2　アンブロワーズ・パレ：フランスの医師（一五一七?～九〇）。外科医学の父と呼ばれる。

＊3　「私どもは自白する被告を持つ！」：キケロの言葉。ポンペイウスに加担したため、カエサルが勝利したあと追放されたリガリウスを弁護して言った。

＊4　ヨシャパテ：ヨシャファト（ヨシャパテ）の谷。神の裁きの谷という意味でエルサレムの近くにあるとされている。聖書では、異邦人たちにこの谷で神の裁きが行われたとされている。

＊5　パンテオン：パリにある国の偉人を祀る霊廟。

＊6　ライオンのようにうまい汁を吸う：ラ・フォンテーヌの寓話に出て来るライオンは、他の動物たちと狩りに行き、一番大きな分け前を取る。

＊7　ライプシック：ドイツ東部の都市ライプツィヒのこと。一八一三年十月十九日、ここでナポレオンがプロイセンをはじめとする連合軍に敗れた。

＊8　ポニャトウスキ将軍：ユゼフ・アントニ・ポニャトフスキ。フランス語名はジョゼフ・アントワーヌ・ポニャトウスキ（一七六三〜一八一三）。ポーランドの貴族。オーストリア軍将軍のちポーランド軍将軍。一八〇六年、祖国再興のためポーランド軍を率いてナポレオンの指揮下にはいり、活躍する。ライプツィヒの戦いの際、フランス軍の退却を援護しようとして、敢然、逆巻くレステル河に馬を乗り入れ、遂に溺死した。

訳者あとがき

本書は、いわゆる、哲学者が学問上の論理を繰り広げていると言ったような難しい内容の哲学書ではありません。一人の市井の人間が社会の喧騒から離れて冷静に世相を眺め、人としての本来の在りようを、月別の十二話に区分けして、エピソードをも交えながら優しく親身に語りかけてくるという内容になっています。

このように、本書が、隠遁者をして自らを語らせたり、興味を引く話題を提供させたりすることによって、そこに何か一つの心の世界を簡潔に描いて見せるという文構成の手法をとっている点からすれば、本書は小説や論説などではなく、随筆の部類に属するものと言えます。だが、単なる筆のすさびの随筆ではありません。自らの生き方とか、宗教に対する考え方などに基づいて育まれた相互扶助の精神が、一貫してその底流に流れているところにこの随筆の特質があります。

つまり、十九世紀前半の大都市パリの片隅で、慎《つつ》ましく、誠実に日々を送っている物質的には余り恵まれていない庶民の生き様を通して、人間のエゴイズムがいかに共生社会の維持を阻害する要因になるかという、現代においても決して古くない問題についての課題提起が、真摯な筆づかいで描出されているのです。

わが国の名随筆家吉田兼好も、『徒然草』の中で、「上位の者は下位の者の立場に立ち、知恵ある者は愚かな者の側に立ち、裕福な者は貧しい者の心になり、才能ある者は才能なき者の身になるべきである。（第九十八段）」［荻野文子現代語訳］という聖人の言葉を引用して、他者への優しさと情味とが人間関係においてもつ意義を強調しています。成熟した社会は人間疎外を決して許してはならないのです。本書の著者エミール・スーヴェストルも、兼好法師と軌を一にした人間愛を抱いていたに違いありません。

翻って、現在の社会を眺めて見ますと、テロや難民の問題、貧困のグローバル化など、人間の存立にかかわる深刻な社会不安が山積していて、正に多事多難であります。更には、安定的な社会生活の基本に位置づけられるべき利他の観念が薄れ、人間軽視の傾向にもつながってきていることもまた懸念されています。

それだけに、私どもは、「人間は一茎の葦に過ぎないが、考える葦である」というあの厳粛な原点に、今こそ立ち返って、先人たちの生き方を謙虚に学びながら、自己を見つめ直して再始動するという方途が、多様な選択肢の中の重要な一つとして考えられると思うのです。この視点からも、本書が警世の書として果たす役割は大きいと言えます。とても百五十年前に出版されたとは思えない、現代にも十分に通用する思想性と先見性とを兼ね備えています。

こうした存在意義をもつと考えられるこの古典的な名著が、現在、私どもの国では殆んど顧みられないも同然になっている実情は、誠に嘆かわしいことであると言わなければなりません。かつては、国内各地の旧制高等学校などで広く教科書として採用され読まれていました。このように、本書が、広く愛読され、影響力を保持していた時代もあったのです。一九三九年には、木村太郎氏による邦訳『屋根裏の哲人』(岩波文庫)が上梓され、戦後しばらくまで、読み継がれていたとも仄聞しています。

読書界におけるこうした地歩が、いつともなく絶たれていったことは、何としても残念であります。かつてのような社会貢献ができるように本書の復権を図りたいと願っていましたが、この度、ご縁をいただいて、新たに日の目を見る運びに至りましたことは、この上ない幸せであります。かねてより、人間社会の根底には、強さだけではなく、優しさこそが必要であり、孤立した人間をつくってはならない、そういう知性と信頼に基づく理性的な共生社会であるべきだと考えていますだけに、本書の再生への期待には大きなものがあります。

なお、本翻訳書は、一九三〇年九月、北星堂書店(旧・東京市神田区錦町)発行の仏語からの英訳本『アン・アティク・フィロソファー』(編者・田部隆次)を、今回、重訳したものであります。

ここで、本書の原著者エミール・スーヴェストルの経歴を簡単にご紹介します。

エミール・スーヴェストルは、一八〇六年四月十五日に、フランスの北西部ブルターニュ地方のモルレーで生まれました。公務員技術者であった父が一八二三年に病没した後、一八二六年にパリに出て法律や文学の勉強をしていましたが、長兄が妻子を残して急死したため、故郷のモルレーに戻って書店で働き、家計を助けることになりました。その後、友人の経営する学校に勤務することになり、同僚の妹と結婚しましたが、その年末には妻の死という悲劇に見舞われました。

このことを契機に、ジャーナリズムの世界に転じて活躍後、再度、教育界に戻り、一八三六年秋、再婚した妻と子どもたちを伴ってパリ郊外に移住し、十八年間、勤勉で実り多い文人生活を送りました。一八四八年、新設の行政職養成学校の教授に就任し、文学教養を講じていましたが、一八五四年七月五日、四十八歳で急逝しました。

フランス学士院は、生前中の一八五一年に、「屋根裏の哲人」という称号を贈って功績を顕彰していましたが、没後、文学界並びに徳育界への多大な貢献を称え、改めて、「ランバート賞」を授与しました。

著作物は、『トンネルの中』『湖畔』『補虫網に捕えられて』『来たるべき世界』など多数あります。中でも、一八五〇年に雑誌に連載されたものを纏めて出版した『パリの屋根裏部屋の哲人』は代表作と言えます。

最後になりましたが、本書の出版に当たって、ご繁忙の中を、広島県立府中高等学校卒業生の小川英光氏・国松浩子氏・対馬陸奥男氏・藤岡康宏氏、並びに、いりす松坂尚美氏、出版にご協力いただいた牧童舎浜名純氏の皆様方には、多岐にわたり一方ならないご厚誼を頂戴いたしましたことに対し、衷心より深く感謝し、厚く御礼を申し上げます。

二〇一六年九月

和田辰國

◆訳者紹介

和田　辰國（わだ　たつくに）

1928年、広島県福山市生まれ。

広島県内の公立高等学校校長、全国高等学校長協会理事、広島県高等学校英語教育研究会会長、広島県教育委員会高校教育指導課他の課長等を歴任。現在、文学講座講師。

1988年、文部大臣教育者表彰。1999年、勲四等瑞宝章受章。

編著書（自費出版）に、『ぬくもりの久しきに——福原麟太郎博士の書簡』(1981)、『福原麟太郎の片影』(1999)、『福原麟太郎一日一話＝イギリス及びイギリス人＝』(2010) など。翻訳書（自費出版）に、ギルバート・ハイエット『教える技術』(1990)、ピーター・ミルワード『西洋の知恵——英語の諺から見た』(1999)、ガビン・バントック『若い人たちのために＝イギリスの叡智に学ぶ＝』(2003) など。

パリの屋根裏部屋の哲人

2016年9月30日　初版1刷発行 ©

著　者　エミール・スーヴェストル
訳　者　和田辰國
発　行　いりす
〒101-0065 東京都千代田区西神田1－3－6
TEL 03-5244-5433　FAX 03-5244-5434

発　売　株式会社同時代社
〒101-0065 東京都千代田区西神田2－7－6
TEL 03-3261-3149　FAX 03-3261-3237

印刷・製本　モリモト印刷株式会社

定価はカバーに表示してあります。落丁・乱丁はおとりかえいたします。
ISBN978-4-88683-806-3